W0361816

Diogenes Taschenbuch 24124

Georges Simenon
Ausgewählte Romane in 50 Bänden
in chronologischer Reihenfolge ihrer Niederschrift
und in revidierten Übersetzungen

Band 24

Georges Simenon

Die Ferien des Monsieur Mahé

Roman

Aus dem Französischen von Günter Seib

Diogenes

Titel der Originalausgabe:
›Le cercle des Mahé‹
Copyright © 1946 by
Georges Simenon Limited, a Chorion company
Alle Rechte vorbehalten
Die deutsche Erstausgabe erschien 1993
im Diogenes Verlag
Die Übersetzung wurde für die vorliegende
Ausgabe überarbeitet
Umschlagfoto von René Burri
Copyright © René Burri/
Magnum Photos

Für Tigy,
in Erinnerung an Saint-Mesmin

Veröffentlicht als Diogenes Taschenbuch, 2011
Alle deutschen Rechte vorbehalten
Copyright © 1993, 2011
Diogenes Verlag AG Zürich
www.diogenes.ch
40/11/8/1
ISBN 978 3 257 24124 2

Inhalt

I

Der Doktor und die Rotbrassen

Mit gerunzelter Stirn, die Zungenspitze an der Oberlippe wie ein Erstklässler, saß er mit mürrischem Gesicht da und beobachtete Gène verstohlen. Er versuchte, alles genauso zu machen wie er.

Vergeblich. Irgendetwas klappte nicht, denn das Ergebnis war nicht dasselbe. Er war ehrlich genug, sich das einzugestehen, und hartnäckig genug, um seine Ungeduld zu zügeln. Er ließ seine Hand genau wie Gène über den Bootsrand hängen, kein Stück weiter, ganz unverkrampft; er hatte sofort begriffen, dass er sich nicht verkrampfen durfte. Nur mit dem Zeigefinger hob er leicht die Hanfschnur der Angel.

An der Schnur lag es auch nicht. Gène hatte genau die gleiche. Eben hatte Gène, der, auch ohne ihm ins Gesicht zu sehen, stets erriet, was in ihm vorging, vorgeschlagen:

»Tauschen wir doch die Plätze… Nehmen Sie meine Angel… Vielleicht haben Sie dann mehr Glück…«

Das Meer, ohne Wellengekräusel, ein Quecksilberspiegel, atmete langsam, aber machtvoll. Diese fast unmerkliche Dünung machte dem Doktor mehr zu schaffen als hohe Wellen. Bei jeder Regung des Meeres spürte er, wie das Blei an seiner Angel ein Stückchen hochgedrückt wurde. Dann beugte er sich über den Bootsrand und sah vielleicht zehn Meter unter sich eine Unterwasserlandschaft, die ihn immer wieder aufs Neue irritierte. Felsen mit tiefblauen Grotten, eine algenbewachsene Ebene, vor allem aber Fische, ziemlich groß, silbrig oder rötlich, die stumm und geruhsam hin und her schwammen und manchmal kurz vor seinem Köder innehielten. Unwillkürlich zitterte ihm dann die Hand, traten ihm kleine Schweißperlen auf die Oberlippe, war er drauf und dran, die Leine hochzuziehen. Warum kehrten die Fische immer um?

Er richtete sich wieder auf und seufzte. Er konnte nicht lange hinabblicken, ihm wurde davon übel. Seine Augen brannten, und außerdem bekam er Kopfschmerzen. Es wurde ihm auch langsam unheimlich. Jedes Mal, wenn er zum Rocher des Mèdes hinaufsah, hatte er das Gefühl, das kleine Boot sei näher an den Felsen herangetrieben worden. Sie hatten nicht einmal einen Anker. Gène hatte lediglich einen großen Stein an einem Seil auf den Grund plumpsen lassen. Achtete er überhaupt auf den Felsen? Man konnte deutlich sehen, wie das Meer an den Felsen klatschte und beim Zurückfließen einen schmutzigen Schaumrand mit ein paar wenigen Muscheln hinterließ. Auch ohne Brandungsrauschen bedeckte sich das Wasser mit weißem Schaum, und einige große Blasen zerplatzten vorne am Bug.

Gène, der auf der Ruderbank saß, eine alte Schirmmütze auf dem Kopf, verharrte unbeweglich wie eine Statue und ließ den Blick scheinbar gleichgültig bis zum flimmernden Horizont schweifen.

Der Doktor sah dort nur ein Gleißen, das ihm auf der

Netzhaut brannte, aber Gène nahm alles wahr und verkündete beiläufig:

»Dort kommt die ›Cormoran‹ von La Tour Fondue zurück ... Joseph legt seine Netze am Leuchtturm aus ...«

Gleichzeitig holte er langsam seine Angelschnur ein, eigentlich nur um sich zu vergewissern, dass der Köder noch da war, aber er hatte jedes Mal einen Fisch an der Angel.

»Eine Rotbrasse ...«

Er ließ sie in den Korb mit frischem Seetang gleiten, zerdrückte einen Einsiedlerkrebs und befestigte ihn an einer Schnur am Angelhaken.

Aufgeregt holte auch der Doktor seine Angelschnur ein. Die Schnur zuckte, als sei sie lebendig. Jedes Mal glaubte er einen großen Fang gemacht zu haben und dass ein Wunder geschehen war, das sogar dem Berufsfischer den Atem verschlagen würde. Und jedes Mal war es so ein schreckliches Vieh mit Stacheln, noch nicht einmal ein Drachenkopf, sondern bloß, wie Gène dazu sagte, ein Teufelsfisch, der vorsichtig mit einem Lappen um die Hand vom Haken gelöst und wieder ins Meer geworfen werden musste.

Warum fing er nur Teufelsfische oder höchstens mickrige Barsche? Sie angelten doch beide an derselben Stelle, keinen Meter voneinander entfernt. Unten auf dem Grund sah man ganz deutlich als kleine rosa Flecken die Einsiedlerkrebse herumspazieren, und schon zweimal hatten sich die beiden Angeln ineinander verhakt. Auch die Fische konnte man sehen. Der Doktor war sicher, alles genauso zu machen wie Gène. Schließlich war er kein Anfänger. In

Saint-Hilaire beherrschte er als Einziger den Forellenfang mit der Fliege in der Sèvre, was viel schwieriger war als das Angeln im Meer.

Er mochte diesen großen grauen Felsen nicht, der so nahe an ihrem Boot aus dem Meer ragte und ihm aus unerfindlichen Gründen Angst machte. Und er mochte auch das Meer nicht, das spiegelglatte, traumhaft blaue Meer, dabei hatte er sich so gefreut, mit einem kleinen weißen Boot mit blauer Scheuerleiste darauf herumzufahren.

Seine Frau hatte nicht gewagt, ihn zu hänseln, als er mit einer Art strohgeflochtenem Tropenhelm, wie er ihn bei den Einheimischen gesehen hatte, aus dem Supermarkt zurückgekommen war. Sie hatte bloß auf ihre etwas bäurische Art gefragt:

»Hast du dir einen Hut gekauft?«

Wenn er den Kopf hob, konnte er sie sehen, etwa dreihundert Meter weiter; mit dem Wasser dazwischen war die Entfernung schwer abzuschätzen. Hinten um die Bucht zog sich einer der Strände der Inseln, der Strand von Notre-Dame, mit Pinien als Schattenspendern. Der unbewegliche weiße Fleck dort auf dem Sand war seine Frau, die in ihre Näharbeit oder ihr Strickzeug vertieft war. Der schwarze Fleck daneben war Mariette, das Dienstmädchen, das sie aus Saint-Hilaire mitgebracht hatten. Der winzige Knirps dort, der immerzu den Kopf entweder im Sand oder neben einer der beiden Frauen hatte, war sein Sohn Michel und das kleine Mädchen, das sie jedes Mal zurückriefen, wenn es sich bis zu den Knien ins Wasser wagte, seine Tochter.

Er sah sie alle genau, und auch sie mussten ihn dasitzen sehen, am einen Ende von Gènes Boot. Es war heiß.

Seine Haut brannte, wo sie der prallen Sonne ausgesetzt war, und würde am nächsten Tag krebsrot sein, wie er bereits aus Erfahrung wusste. Er war mit hochgekrempelten Hemdsärmeln spazieren gegangen. Jetzt sah sein Unterarm aus wie rohes Fleisch, und die Haut oberhalb des Ellbogens wirkte weißlich und ungesund.

Ihm war schwindlig. Er bereute, Gène für einen Angelnachmittag angeheuert zu haben. Am liebsten wäre er zurückgefahren, traute sich aber nicht, diesen Vorschlag zu machen.

Es war vor allem das Hinuntersehen auf den Meeresgrund … Die Landschaft da unten war so deutlich und zugleich so fremdartig und menschenfeindlich, dass er meinte, auf einen fremden Planeten zu blicken … Eigenartig auch der Geruch des Wassers, seiner Hände, mit denen er Fische und Einsiedlerkrebse angefasst hatte, und der Duft des sonnendurchglühten Maquis, den ein Windhauch herübertrug …

Er klammerte sich an die kindliche Hoffnung, einen großen Fang zu machen und Gène damit zu verblüffen. Er legte seine Stirn noch mehr in Falten und beugte sich über den Wasserspiegel, bis ihm noch schwindliger wurde.

Erst vier Tage zuvor waren sie auf Porquerolles angekommen, und er war jetzt schon müde. Es war echte Müdigkeit. Er war von der Sonne wie erschlagen. Alles war anstrengend, und er hatte Mühe, sich einzugewöhnen. Dabei war es schön auf der Insel, genau wie ihm sein Freund Gardanne, der Maler von Sèvre Nantaise, versichert hatte. Lag es vielleicht daran, dass er nicht hierherpasste?

»Anschlagen!«, kommandierte Gène.

Hastig zog er an seiner Schnur. Irgendetwas zappelte daran, aber er hatte keine zwei Meter Schnur eingeholt, als der Fisch wieder freikam.

Seine Kopfschmerzen überlagerten alles. Er rauchte, und das war nicht gut, weil es Durst machte und der Wein von der Insel, den sie mit im Boot hatten, lauwarm geworden war und ihm davon schlecht wurde.

Von Zeit zu Zeit näherte sich Motorengeräusch. Dann kam ein Boot wie das ihre vorbei, nur ein bisschen größer oder kleiner. Fast immer war es mit einem oder mehreren Feriengästen besetzt. Am Ruder saß unbeweglich ein Einheimischer, der im Vorbeifahren grüßend den Arm hob, worauf Gène zurückgrüßte.

»Das war Ferdinand!«, sagte er dann beiläufig, als sei das bereits Erklärung genug und Ferdinand weltberühmt.

Eines dieser tuckernden Boote fuhr direkt auf sie zu. Es kam aus dem Hafen, nicht vom Meer. Als es noch ein paar Meter entfernt war, wurde der Motor gestoppt, das Boot trieb heran und stieß sacht gegen ihres.

»Sind Sie der Doktor? Würde es Ihnen etwas ausmachen, mitzukommen? Da liegt nämlich eine Frau im Sterben.«

Für Gène fügte der Ankömmling lakonisch hinzu:

»Die Frau von Frans …«

Dann erläuterte er:

»Wir haben auf der Insel einen Arzt, aber er ist gerade auf einer Hochzeit in Fréjus und kommt erst nächste Woche zurück.«

»Steigen Sie zu ihm hinüber«, riet Gène. »Sein Boot ist schneller als meins.«

Der Doktor war schwer. Seine neunzig Kilo ließen

Gènes Boot gefährlich schaukeln, und in das Boot daneben fiel er fast, hart plumpste er auf eine Ruderbank.

»Fährst du zurück, Gène?«

»Nur noch die Angelschnüre aufrollen.«

»Rotbrassen?«

»Etliche …«

Der Motor spuckte, tuckerte los, das Boot beschrieb einen Halbkreis, und jetzt hatte der Doktor den Strand von Notre-Dame mit seiner Frau und seinen Kindern zur Linken. Im Vorbeifahren winkte er ihnen zu. Erst hatte er sie in Gènes Boot hinbringen und nachher wieder abholen wollen, aber Hélène wollte nichts davon wissen. Schon als sie mit dem Auto am Ende der Halbinsel Giens angekommen waren und sie das Meer und die zur Überfahrt auf die Insel bereitliegende ›Cormoran‹ erblickt hatte, war sie ganz blass geworden. Sie hatte sich überwinden müssen, an Bord zu gehen, und sie bekam schon jetzt Alpträume, wenn sie an das Urlaubsende und die Rückfahrt mit dem Boot dachte.

Jetzt umrundeten sie ein paar Felsen, auf dem ein altes, von der Sonne ausgedörrtes und nur von Eidechsen bevölkertes Fort stand. Dort waren sie am Vorabend spazieren gegangen. Der Boden war mit einem merkwürdigen Bewuchs von Sukkulenten mit roten Beeren bedeckt gewesen, die unter den Sohlen zerplatzten. Das verlassene Fort hatte keine Fenster und Türen mehr. Die Mauern schienen wie aus weißem Staub, von der Sonne im Laufe der Jahrhunderte zusammengebacken.

Auch dort hatte sich der Doktor unbehaglich gefühlt. Er hatte ans Mittelalter denken müssen und an die Kreuzzüge. Er schrak jedes Mal zusammen, wenn eine unbeweglich dasitzende Eidechse oder eine Schlange plötzlich forthuschte, obwohl man ihm hoch und heilig versichert hatte, auf der Insel gebe es keine Vipern.

»Was hat sie?«

»Sie hat's auf der Lunge... Nicht erst seit heute... Schon seit Jahren ist sie so schlapp, aber jetzt geht's wohl mit ihr zu Ende...«

Hie und da, am Strand oder auf einem der Saumpfade der Insel, standen oder gingen Gruppen von Leuten, Leute von seinem Schlag, Sommerfrischler auf Entdeckungstour um die Insel, weißgekleidet, mit Strohhüten auf dem Kopf. Die Mole. Der Hafen mit einem Dutzend Jachten vor Anker, ein Mann, der unter einem Ladebaum ein Boot knallblau strich.

»Es ist nicht weit, gleich hinter der Kirche... Ich bring Sie hin... Machst du mein Boot fest, Polyte?«

Man ließ es einfach im Hafenbecken treiben. Die Luft war drückend und stickig. Der Boden, die Bäume, die Mauern sandten regelrechte Hitzewellen aus. Anstatt den kahlen gelben Platz zu überqueren, wo einige Gruppen Boule spielten, wandten sie sich nach rechts, erklommen einen Steilpfad, kamen an einem Trümmerhügel vorbei. Der Doktor lief hinterher und spürte dabei im Kopf immer noch die Meeresdünung, er lebte noch mit dem ganzen Körper derart in diesem ungewohnten, zu langsamen und übermächtigen Rhythmus, dass er kurz den Drang verspürte, sich den Puls zu fühlen und sich zu vergewissern, dass er noch normal ging.

»Hier lang...«

Sie überquerten ein Sträßchen. Noch ganz nah beim Dorf, etwas weiter oben, etwa in Höhe der Dächer, gelangten sie unter Bäumen und am Rand einer Brachfläche zu einer Reihe alter Gebäude, ehemaligen Kasematten oder vielleicht auch alten Depots des Pionierkorps. Zwei Frauen standen in der prallen Sonne davor und blickten ihnen entgegen. In ihrer Nähe spielten auf der Erde zwei schmutzige Kinder mit blanken Hintern.

Dann erhaschte er durch eine Türöffnung einen Blick in eine dunkelblaue Dämmerwelt, fast vom selben Blau wie der Meeresgrund.

Die beiden Frauen sahen ihnen wortlos nach. Beinahe hätte er sich in den langen, stachelbewehrten Blättern von Berberfeigen und Kakteen verfangen, die dort wuchsen, Gott weiß, warum.

»Kommen Sie herein, Doktor …«

Zuerst sah er gar nichts. Dann trat eine Frau aus dem Dunkel auf sie zu, als Silhouette erkennbar. Sie sagte:

»Ich glaube, sie ist gerade gestorben …«

Der Blick des Doktors blieb an einem roten Fleck hängen: ein Mädchen in einem Kleid von grellem Rot wie eine Fahne, mit mageren nackten Beinen, das in einer Ecke an der Wand kauerte und die Eintretenden fixierte.

Endlich sah oder besser erahnte er am Boden auf einem Strohsack die Frau, zu der man ihn gerufen hatte, ein regloses Bündel unter einer Decke, das Gesicht schrecklich ausgemergelt, die Augen aufgerissen und starr.

Sie musste gerade eben gestorben sein. Ihr Körper war noch warm.

Der Doktor roch den Duft von Fleischbrühe und sah

eine Schüssel, gewiss von einer der Frauen gebracht und noch unberührt.

»Sie ist tot, nicht wahr?«

Die Augen des Mädchens in Rot fixierten ihn immer noch durch das Dämmerlicht, und er zögerte mit seiner Antwort. Die Frau berichtete weiter:

»Vor mehr als einer Stunde hat sie an allen Gliedern gezittert, so arg, dass ich sie festhalten musste ... Sie hat geschwitzt ... Meine Hände riechen immer noch nach ihrem Schweiß ...«

Die Kleine rührte sich nicht. Sie hockte dermaßen zusammengekauert da, dass man nicht erkennen konnte, wie alt sie war.

»Sie wollte noch etwas sagen ... Sie hat es versucht, aber es ging nicht mehr ... Dann sind ihr zwei große Tränen aus den Augen gekullert, und da hab ich gemerkt, dass es das Ende ist ... Sie hat mit Armen und Beinen gezuckt wie ein Karnickel nach dem Genickschlag ... Da sind Sie gerade im Boot von Bastou in den Hafen eingelaufen ... Aber Sie hätten ja wahrscheinlich auch nichts mehr machen können, wenn Sie da gewesen wären, nicht wahr?«

Nein, nichts! Er blickte sich um. Der Mann, der ihn hergebracht hatte, redete draußen mit den beiden Frauen. Man sah sie im blendenden Rechteck der Tür wie eingerahmt. Noch jemand kam langsam den steilen Saumpfad zwischen den Berberfeigen und Kakteen herauf. Auf dem Kopf hatte er einen Gärtnerhut mit breiter Krempe, und das Blau seiner Kittelschürze war noch satter als das Blau des Himmels.

»Sehen Sie, da kommt der Bürgermeister! Ich hab ihn ebenfalls holen lassen ...«

Ein richtiges Zimmer war das nicht, in dem sie da standen. So etwas hatte der Doktor noch nie gesehen. Vier Wände, ehemals weiß gekalkt. Ein Fenster schien es nicht zu geben, nur die offene Tür. Neben dem Strohsack der Toten lagen noch andere, mit alten Lumpen und alten Kleidern als Zudecke.

Vielleicht roch es wirklich noch nach Todesschweiß, aber vermischt mit anderen, sauren und muffigen Gerüchen: Kinderpipi und dicke Milch, Knoblauch, Fisch, überlagert von dem unverkennbaren Duft von Pinien und Erdbeerbäumen, der gewissermaßen inseltypisch war.

»Sie ist eben gestorben ... Der Doktor ist auch da ...«

Der Bürgermeister wurde so von den beiden Frauen ins Bild gesetzt; jetzt füllte seine Gestalt den ganzen Türrahmen aus. Er versuchte seine Augen an das Dämmerlicht zu gewöhnen, trat dann mit entschlossenem Schritt ein und nahm schließlich geistesabwesend den Strohhut ab. Doch wie um von dieser feierlichen Geste abzulenken, kratzte er sich kurz den Kopf mit den schwarzen Stoppelhaaren.

»Ist Frans nicht auf der Insel?«, fragte er.

Der Bürgermeister führte den Lebensmittelladen im Ort, der Doktor erkannte ihn wieder, denn noch am Morgen hatte er bei ihm für seine Tochter Bonbons gekauft.

»Ist sie wirklich tot?«

Statt einer Antwort drückte der Doktor der Toten die Augen zu, mit einem verlegenen Blick zu dem roten Fleck hin, der sich nicht bewegte.

»Nichts als Scherereien«, seufzte der Ladenbesitzer und Bürgermeister und kratzte sich wieder am Kopf.

Und dann, zu den Frauen gewandt:

»Wie lange ist er schon fort?«

»Seit vorgestern …«

»Also kommt er womöglich erst in drei oder vier Tagen wieder … Komm mal her, Kleine … Seit wann ist dein Vater fort?«

Sie wiederholte:

»Seit vorgestern …«

Aber sie kam nicht näher und blieb an die Wand gekauert hocken.

»Weißt du vielleicht, wie viel Geld er dabeihat?«

»Nein …«

»Hat er deiner Mutter was dagelassen?«

»Ich weiß nicht …«

»Wo ist ihr Portemonnaie?«

Er blickte sich suchend um. Das Mädchen zeigte ihm schließlich in Kopfhöhe ein Loch in der Wand, wo sich tatsächlich ein altes, ganz abgeschabtes Portemonnaie fand. Dem Lebensmittelhändler war es vertraut, denn aus diesem Portemonnaie hatte die Frau immer das Geld genommen, wenn sie bei ihm einkaufte.

»Da sind gerade noch sechs Franc drin«, stellte er fest.

Fliegen brummten schon hinten im Raum, wo die Leiche lag.

Der Doktor hatte schon lange den Überblick verloren. Er machte erst gar nicht mehr den Versuch, zu reagieren oder etwas zu verstehen. Trotzdem prägte sich ihm jedes Wort so tief ins Gedächtnis, dass er sich später so genau daran erinnern sollte, wie an ein Kinderlied. Ebenso die Bilder, vor allem das rote Kleid, das rote Baumwollkleid, unter dem die magere Kleine nichts anhatte. Ihre Haare waren hellblond, ihre Augen blau. Auch die Tote war hellblond.

»Wir müssen Polyte bitten, Frans zu suchen … Der findet ihn noch am ehesten … Gott, wie das hier drin stinkt! … Kommen Sie mit raus, Doktor?«

Und die Frau, die den Todeskampf miterlebt hatte, wies auf die Tote und fragte:

»Was soll ich machen?«

Draußen ragten die hellroten Dächer des Dorfes aus dem Grün auf, die gelbe Kirche, auf dem Platz davor konnte man Männer Boule spielen sehen, dahinter den Hafen mit seinen Jachten und Schaulustigen, dann die Reede, die blauen Berge des Festlands; davor, auf dem glatten, sonnenbeschienenen Meer, rauschte in voller Fahrt ein Kriegsschiff vorbei, ein schnittiges Torpedoboot.

»Kommen Sie mit mir ins Gemeindeamt, für den Totenschein?«, fragte der Bürgermeister. Er kratzte sich in der Achselhöhle. »Bestimmt haben wir uns was eingefangen. Da drin wimmelt es von Ungeziefer … Was für ein Glück, dass Sie greifbar waren … Sonst hätte ich für die Formalitäten einen Arzt aus Hyères kommen lassen müssen …«

Der Doktor tappte hinter dem Bürgermeister her, drehte sich immer wieder um, und das Bild brannte sich ihm ein, das niedrige Gebäude mit dem einen bewohnten Raum, die Feigenkakteen und die graugrünen Stachelpflanzen, die hohen Pinien mit ihren schiefen Stämmen, auch die beiden Frauen davor, die näher ans Haus getreten waren und die beiden halbnackten Kinder allein herumkrabbeln ließen.

»Die Einzigen von der Sorte hier bei uns auf der Insel«,

erläuterte der Bürgermeister, als er den Steilpfad hinabstieg. »Sie sind noch unter meinem Vorgänger gekommen, vor sechs Jahren, sonst hätte ich nämlich dafür gesorgt, dass sie hier nicht sesshaft werden ... Um Erlaubnis haben sie niemanden gefragt ... Eines schönen Tages sind sie von der ›Cormoran‹ an Land gekommen, mit einem alten Militärkoffer als einzigem Gepäck ... Da hatten sie erst zwei Kinder, aber die Frau war hochschwanger ... Sie haben niemanden um was gebeten ... Ich weiß nicht mal, wo sie die erste Nacht geschlafen haben, bestimmt am Strand, und dabei hatten wir damals, wenn ich mich nicht irre, Februar oder März, mit einem eiskalten Mistral ...«

Sie gingen über den hitzeflimmernden Platz, der von Eukalyptusbäumen umstanden war, als Schattenspender für die knallbunten blauen, roten, grünen Häuserfronten und die um diese Zeit menschenleeren Café-Terrassen.

»Sie hatten von niemandem eine Genehmigung, sich in dem Bau einzunisten, der dem Pionierkorps gehört. Wir haben nicht mal gleich gemerkt, dass sie da drin wohnten ... Meine Frau hat den Mann eines Tages in den Laden kommen sehen ... Er hat bei ihr eine Kerze, Zucker und Margarine gekauft und sogar bezahlt ... Drei Tage später wollte er dann aufs Gemeindeamt, aber das war zu, wie immer ... Da ist er zum Bürgermeister nach Hause gegangen ... Er musste warten, bis dieser vom Angeln zurück war, denn der frühere Bürgermeister hatte außer Angeln nichts im Sinn ... Der Mann hat Papiere aus der Tasche gezogen und erklärt, er wolle eine Geburt registrieren lassen ...

Die Frau hatte ganz allein dort entbunden, wo Sie sie

eben haben liegen sehen … Nach seinen Papieren heißt er Frans Klamm … Das muss nicht unbedingt sein richtiger Name sein … Er war fünfzehn Jahre bei der Fremdenlegion … Sie kriegen ihn schon noch zu sehen, wenn Polyte ihn ausfindig macht … Warten Sie mal, Polyte ist um diese Zeit bestimmt am Hafen … Kleine, hast du deinen Vater irgendwo gesehen?«

»Er ist gerade zu Maurice hineingegangen …«

»Polyte! … He! Polyte …«

Ein Mann in blauer Leinenhose und schmuddligem Hemd, eine Schiffermütze auf dem Kopf.

»Sag mal, Polyte … Kannst du nicht hinüberfahren und Frans herschaffen? … Seine Frau ist gestorben …«

»Seit wann ist er weg?«

»Seit vorgestern …«

»Wer zahlt?«

»Ich weiß noch nicht … Wahrscheinlich die Gemeinde … Ich kümmere mich drum … Du weißt, wo du ihn findest?«

»So ungefähr …«

Im Dämmerlicht des Cafés, aus dem matt die Zinkplatte der Theke schimmerte, spitzten Männer die Ohren.

»Ich kann doch Gène mitnehmen, oder?«

»Der ist beim Angeln …«

»Nein, er kommt zurück … In fünf Minuten kommt sein Boot um die Mole …«

»Wie du meinst … Kommen Sie, Doktor? Warten Sie, ich hole den Schlüssel zum Gemeindeamt …«

Und der Bürgermeister trat in seinen Laden, wo es nach Zucker roch, und nahm einen großen Schlüssel aus der Kasse. Das Gemeindehaus lag fast daneben, nur zehn

Meter weiter, ein einstöckiger weißer Bau mit nur einem Raum und einem Gärtchen davor.

»Gehen Sie vor… Anfangs hofften wir, die Pioniere würden sie fortjagen… Aber denen war das völlig egal… Nehmen Sie Platz… Ich suche noch die Formulare heraus… Gleich…«

Er stieß das Fenster auf, um Licht hereinzulassen, und kramte in Aktenschränken voller Papiere. Der Raum war eng. An den Wänden hingen Papiergirlanden und hinter der weißen Gipsbüste der Marianne, dem Sinnbild der Französischen Republik, die Trikolore.

»Wären sie mittellos gewesen, hätte man was machen können… Aber sie waren schlau und haben niemanden um etwas gebeten… Sie verstehen?… Nicht einmal um die kostenlose Geburtsnachsorge… Und die Frau hätte es weiß Gott nötig gehabt!…«

»Arbeitet der Mann?«, fragte der Doktor, vom Klang seiner eigenen Stimme überrascht.

»Wenn er Lust dazu hat… Sie sehen ihn bestimmt noch… Er ist nicht ungeschickt… Er hilft den Fischern beim Netzeflicken oder macht sogar Aushilfe beim Fischen… Er werkelt und hilft ab und zu, ein Boot aus dem Wasser zu ziehen und den Rumpf abzukratzen… Ein bisschen hier, ein bisschen da… Sie leben sozusagen von der Hand in den Mund… Dann, ganz plötzlich, wenn er ein paar Sous übrig hat und den Rappel kriegt, haut er ab… Hier auf der Insel besäuft er sich nie… Er kauft sich eine Fahrkarte für die ›Cormoran‹… Dann weiß jeder, was die Glocke geschlagen hat… Manchmal kann er einem in Toulon über den Weg laufen… Da fährt er immer schnurstracks hin … Und dann beginnt die Sauftour, verstehen Sie? … Sie dauert ein paar Tage, vier oder fünf, selten länger … Polyte kennt ein paar von den Bars, wo er wahrscheinlich zu finden ist … Dann will er niemanden mehr kennen … Er ist nie in Begleitung … Selber komme ich nie in solche Spelunken, aber ich hab's mir erzählen lassen … Ich weiß doch genau, dass ich die Papiere hier irgendwohin geräumt habe … Da sind sie! … Haben Sie einen Stift? … Nein? … Ich weiß nicht, ob dieser Füller schreibt …«

»Wie war doch gleich der Name?«, fragte der Doktor nach, den Füller in der Hand.

Er musste sich Stirn und Wangen abwischen, weil ihm der Schweiß übers Gesicht lief.

»Frans Klamm … Wie sie heißt, muss ich im Register nachsehen … Auch so ein ausländischer Name … Aber sie ist Französin … Immerhin sind sie verheiratet … Ich hab ihr Familienstammbuch gesehen … Da … Frans Klamm … Na so was! Ist gerade zweiundfünfzig geworden … Wenn man ihn so sieht, kann man sein Alter schwer schätzen … Seine Frau … Anna Kayaerts … Geboren in Hondschoote … Liegt wohl an der belgischen Grenze bei Dünkirchen … Ist im November erst sechsunddreißig geworden … Wenn Sie sich den Namen abschreiben wollen …«

Der Doktor füllte den Totenschein mit dem widerspenstigen Füller aus. Der Bürgermeister kratzte sich am Kopf.

»Wird noch ganz schön schwierig sein, sie unter die Erde zu bringen … Stellen Sie sich vor, auf dem Friedhof ist außer bei den Familiengräbern kein Platz … Sie werden es ja sehen … Er ist ganz klein … Zwei liegen da schon in einer Notgruft und warten, bis es Platz gibt … Und dabei ist die Frau noch nicht mal von hier … Im Grunde hat sie gar kein Recht darauf …«

Damit hatte er eine Frage aufgeworfen, die ihn beschäftigte, denn er sinnierte brummend und traf schließlich eine Entscheidung.

»Ich muss wohl den Gemeinderat einberufen … Stellen Sie sich bloß mal vor, Polyte findet ihn nicht gleich! … Bei dieser Hitze haben wir schon nach zwei Tagen Seuchengefahr … Und da es dort drin von Ungeziefer nur so wimmelt, wie ich Ihnen schon sagte … Ich rate Ihnen, ziehen Sie sich gleich um, und nehmen Sie ein Bad …«

»Wo werden Sie sie aufbahren?«

»Sie meinen …?«

»Zumindest sollte man die Kinder wegholen … Die zwei Kleinen vor dem Haus sind doch auch von ihr, nicht wahr? … Man kann sie doch nicht die Nacht in dem Raum zubringen lassen, wo ihre Mutter …«

»Natürlich … Aber was meinen Sie denn, was ich tun soll? … Bestimmt will niemand für sie sorgen, schon gar nicht, solange der Vater nicht da ist, weil man nicht weiß, wie er es aufnimmt … Soll ich die Kinder einsperren lassen? …«

Und er erläuterte:

»Hinter der Kirche hat die Gemeinde eine Art Schuppen, der gelegentlich als Gefängnis herhalten muss … Er ist voller Gerümpel … Dort stellen wir auch die Feuerwehrsachen, die Bänke und Girlanden für den vierzehnten Juli und den Annentag unter… Ich muss mal reinsehen… Ein Sarg ist auch da… Wir haben immer einen auf Vorrat, falls mal eine Wasserleiche aufgefischt wird… Vielen Dank, Doktor… Sie wohnen in der Pension ›Saint-Charles‹, nicht wahr?… Sollte ich Sie brauchen…«

Dann stand der Doktor draußen auf dem Platz und wusste nicht, was er tun sollte. Gewiss kam jetzt seine Frau mit Mariette und den Kindern allmählich vom Strand zurück. Die Sonne begann unterzugehen. Der Bürgermeister hatte sich zu einer Gruppe Boule-Spieler gesellt, die ihre Partie unterbrochen hatten. Da standen sie nun zusammen und palaverten, mit wichtigen und unbeholfenen Mienen.

Der Doktor hatte sich auf die Terrasse des ›Arche Noah‹ gesetzt und einen Aperitif bestellt, weil ihm immer noch ganz flau war.

Noch nie hatte er sich irgendwo so fremd gefühlt, auch sich selber so fremd. Ihn ekelte der Geruch seiner Hände, mit denen er Einsiedlerkrebse zerpflückt und die Tote angefasst hatte. Er wusch sie sich im Ausguss hinten im Café.

»Wie hat der Bürgermeister entschieden?«, wollte der Wirt in weißer Schürze von ihm wissen.

»Ich weiß nicht… Ich glaube, sie verlegen sie ins Gefängnis…«

Die Gruppe Männer jedenfalls schritt jetzt auf ein Gässchen zu, das hinter die Kirche führte. Der Doktor setzte sich gemächlich in Bewegung, um seiner Familie entgegenzugehen, und kam so in der Nähe der Bauten des Pionierkorps vorbei, wo jetzt vier oder fünf Frauen die

Türschwelle belagerten und etwa ein Dutzend Jungen vor dem Haus herumtollten.

Das rote Kleid des Mädchens konnte er nirgends sehen. Er ging weiter und erblickte schließlich nach einer Wegbiegung im Schatten der Pinien seine Frau, die ihm mit dem Kleinen an der Hand entgegenkam, während Mariette, in der Hand eine Tasche, die das Nähzeug enthielt und in der der Imbiss gewesen war, sich hinter ihr mit seinem Töchterchen herumstritt, das nicht mehr weitergehen wollte.

Der Doktor sah seine Frau schon die Lippen befeuchten. Doch sie sprach erst, als er direkt vor ihr stand.

»Haben sie dich geholt?«, fragte sie dann. »Zu einem Kranken?«

Als Arztfrau kannte sie das.

»Wie war das Angeln? Hast du was gefangen? Was ist denn mit dir? Du bist ja ganz rot…«

»Mir steigt das Blut zu Kopf…«

»Ich wette, du hast dir wieder einen Sonnenbrand eingefangen… Nun mach schon, Jeanne!… Wirst du wohl Mariette gehorchen?…«

Sie waren müde von der Hitze. Alle hatten sie schweißfeuchte Haut und einen schlechten Geschmack im Mund. Michel ließ sich am Arm hinterherzerren. Sein Vater hob ihn hoch und setzte ihn sich auf die Schultern.

»Ein schwerer Fall?«

»Es war schon vorbei, als ich hinkam…«

Gleich würden sie zur Pension ›Saint-Charles‹ mit ihren weißen Mauern und den blauen Fensterläden kommen, mit den blendend weiß gekalkten Zimmern und den anderen Gästen, die von einem der Strände oder einem

Spaziergang am Meer zurückkamen. Die Hausmädchen würden dabei sein, die Gedecke aufzulegen, und es würde nach provenzalischem Essen duften.

Vorher aber kamen sie noch an den Bauten des Pionierkorps vorbei. Männer schoben einen zweirädrigen Karren vor sich den Berg hinauf, auf dem der Sarg lag, eine schlichte Kiste aus hellem Holz, noch nicht einmal wie ein Sarg geformt und für die Leiche, die hinein sollte, viel zu groß und zu hoch.

Der Pfarrer trat aus dem Haus, in welchem die Verstorbene lag, und ging langsam davon, während er in seinem Brevier blätterte.

»War es dort?«, fragte die Frau des Doktors.

Die Jungen waren unbefangener geworden und tobten jetzt lärmend um die Gebäude herum. Es waren auch mehr Frauen hinzugekommen, und sie schwatzten laut. Eines der kleinen Kinder mampfte ein Marmeladenbrot, das ihm eine barmherzige Seele gegeben hatte, und das Mädchen im roten Kleid kauerte drinnen wohl immer noch in seiner Ecke; der Doktor konnte sie nirgends erblicken.

»Lass den Hut deines Vaters in Ruhe, Michel!«, mahnte Madame Mahé ihren Sohn, der auf den Strohhut trommelte.

Dann wandte sie sich zu ihrer Tochter um, die mürrisch und übermüdet den staubigen Weg entlangschlurfte.

2

Der Legionär kommt nach Hause

Die ganze Nacht musste er angeln. Es ging um Leben und Tod. Hatte der Bürgermeister wirklich gesagt, es gehe um Leben und Tod? Eigenartig. Jetzt war er schon so lange auf der Welt – er war immerhin zweiunddreißig, also längst erwachsen – und hatte keine Ahnung gehabt, dass die wahren Amtsinsignien eines Bürgermeisters eine lange blaue Krämerschürze und ein breitkrempiger Strohhut waren! Warum hatten sie ihm das so lange verheimlicht? Hatten sie etwa Angst gehabt, er könnte diese Insignien lächerlich finden? Waren sie doch gar nicht.

Eine Rotbrasse sollte er unbedingt fangen, bei Strafe von … von was? Von irgendetwas. Von etwas Schlimmem, ganz furchtbar Wichtigem. Was, war eigentlich egal, er wusste ja, dass es etwas Schlimmes war.

Er musste es schaffen. Eine Rotbrasse, keinen anderen Fisch, schon gar keinen Teufelsfisch, keinen von denen, die ihm ständig an den Haken gingen, auch keinen von den rosafarbenen Schriftbarschen, die jedes Mal loskamen, bevor er sie oben hatte, auch keinen von diesen abgeplatteten Silberfischen mit den schwarzen Strichen wie Zebrastreifen an den Seiten.

Hoffte Gène etwa darauf, dass er den falschen Fisch

fing? Blickte er deswegen so spöttisch zu ihm herüber, während er sachte an seiner Angelschnur zupfte? Da gab's einen Trick, das lag auf der Hand, einen Trick, den Gène sich nicht abgucken lassen wollte. Auf der Insel steckten alle unter einer Decke. So einen Trick durfte man Fremden nicht verraten. Sie mussten selber draufkommen, bei Strafe von...

Na gut! Er würde draufkommen. Es war schließlich kein Zufall, dass er die bestdressierten Jagdhunde von Saint-Hilaire besaß und an einem einzigen Sonntagvormittag zwischen sechs und zwölf Uhr drei Hechte und fünf oder sechs Barsche aus der Sèvre gezogen hatte.

Sie machten das absichtlich, um ihn nervös zu machen, ihn aus der Ruhe zu bringen. Gène zupfte immer schneller an seiner Handangel. Wollte er ihn glauben machen, so angle man Rotbrassen? Wirklich?

Morgen würde er sich eine blaue Leinenhose kaufen, wie sie sie alle anhatten, von diesem Blau, das im Sonnenlicht so satt leuchtete. Zu haben war sie bei dem Lebensmittelhändler mit den dichten Stoppelhaaren. Der hatte sich offenbar den Schädel rasiert – etwa, weil er Läuse hatte? Hatte er nicht was von Ungeziefer gesagt? Jetzt wuchsen ihm die Stoppelhaare so schwarz und so dicht, dass es aussah, als seien sie ihm mit Ölfarbe auf den Schädel gepinselt worden.

Bei Strafe von was?... Wie dumm von ihm, das zu vergessen. Und da hatte Gène schon wieder das Boot gedreht. Noch so ein Trick. Ein Trick, um den Doktor zu verwirren, denn Gène wusste genau, dass er das Meer nicht gewohnt war. Der Doktor hob den Kopf: Na gut, jetzt hatte er den grauen Felsen vor sich und die träge Wasseroberfläche, die sich hob und senkte; er sah hinunter auf den Grund, um zwischen den herumschwimmenden Fischen eine Rotbrasse auszumachen. Kaum blickte er dann wieder auf, war der Felsen verschwunden, hatte er wieder den Strand vor sich, mit winzigen Menschen, seiner Frau, Mariette und den Kindern, klein wie Insekten. Er holte seine Angelschnur ein. Er hatte gemeint, es würde nichts dranhängen. Doch ein Teufelsfisch hatte angebissen. Er würgte ihn, bevor er ihn wieder ins Meer zurückwarf, damit er nicht noch mal an den Haken ging. Dann blickte er wieder auf, und diesmal hatte er weder den Felsen noch den Strand vor sich, nicht mal die Insel, sondern nur Wasser, so weit das Auge reichte, mit einem so strahlenden Glitzern, dass er die Augen zukneifen musste.

Gène aber rührte sich nicht. Er saß unbeweglich wie ein Buddha. Er lächelte auch so fromm und grausam. Wer weiß, vielleicht wurde er sogar dafür bezahlt, dass der Doktor keine Rotbrassen fing? Gène war hager und braun gebrannt. Jedes Mal, wenn er seine Angelschnur einholte, hing ein Fisch daran, und erstaunlicherweise war meist auch der Einsiedlerkrebs noch gut, und der Fischer brauchte kein dickes Schneckenhaus mit dem Hammer zu zertrümmern, um einen neuen herauszupulen.

Würde Gène sein Boot im entscheidenden Moment wenden, um zu verhindern, dass der Doktor endlich doch noch seine Rotbrasse fing? Die Rotbrassen waren leicht zu erkennen und unterschieden sich auch deutlich von den Sackbrassen, die noch abgeplatteter und noch runder waren, dafür aber keinen Seitenfleck am Kopf aufwiesen.

Warum sie allerdings allgemein als besonders schmackhaft galten… Warum nur wollten sie ihm weismachen, dass sie besser schmecken als andere Speisefische?

Dem Doktor war heiß. Ihm war übel. Geräusche verfolgten ihn, um ihn vom Angeln abzulenken. Zuerst Schritte, ein langsames Einherschreiten auf weichem Boden. Jeden Abend dasselbe. Die Leute saßen bis Mitternacht in Hemdsärmeln auf der Terrasse des ›Arche Noah‹, tranken und lauschten dem Grammophon. Dann gingen sie in kleinen Trüppchen nach Hause. Manche schlenderten aber auch noch auf der Mole hin und her und fingen unweigerlich auch zu singen an. Man hörte sie schon von weitem. Sie kamen heran, entfernten sich wieder, immer wieder dieselben sentimentalen Lieder. Manche nahmen den Pfad der Langustenfischer, und gelegentlich brach ein Spottlied ab, weil die Frauen in Gelächter ausbrachen.

Und wenn diese Geräusche endlich verstummten, fingen die Grillen an, und wenn die Grillen fertig waren, kamen die Frösche – man hatte es ihm erklärt: In dem großen Becken, das die Insel mit Trinkwasser versorgte, gab es massenhaft Frösche.

Warum bildeten die sich ein, dass er keine Rotbrasse fangen würde? Sogar der Bürgermeister in seiner blauen Kittelschürze traute es ihm nicht zu, das hatte er gemerkt. Alle hatten sie einen ironischen Blick, wenn sie mit ihm sprachen.

Bei Strafe von…

Er kratzte sich. Noch so etwas, das sie ihm eingeredet hatten: dass Ungeziefer an ihn gehen würde. Na gut! Er fiel nicht darauf herein und würde sich nicht mehr kratzen. Er hatte Durst. Die Flasche mit lauwarmem Wein stand zu weit weg. Wenn er jetzt trank, verpasste er womöglich eine Rotbrasse...

»François...«

Wie konnte seine Frau so weit rufen, vom Notre-Dame-Strand bis hierher?

»François...«

Sie rüttelte ihn an der Schulter. Er schlug die Augen auf. Das weiße, schneeweiße Zimmer, in dem es nichts Dunkles gab außer dem eisernen Bettgestell, war ganz in Sonnenlicht gebadet, das durch die Ritzen der Jalousien hereinfiel. Das Fenster stand offen. Man hörte Vögel in den Bäumen zwitschern.

»Dreh dich um, François...«

Er wusste, warum. Wenn er auf der linken Seite schlief, fing er manchmal an zu schnarchen. Sie schliefen in getrennten Betten. Das vorhandene Doppelbett war nicht breit genug für zwei. Er war nämlich dick. Er wog neunzig Kilogramm. Man hatte ein zweites, schmaleres Bett ins Zimmer gestellt, zusätzlich zu den beiden Gitterbetten der Kinder, und nun standen alle vier Betten nebeneinander wie Dominosteine im sonnengestreiften Weiß des Zimmers.

»Du hast im Schlaf laut geredet...«

Sein Kissen war feucht und roch nach Schweiß. Er hatte einen schweren Kopf wie jemand, der am Vorabend zu viel getrunken hat. Er schloss die Augen, doch er sah auch durch die geschlossenen Lider immer noch die Sonnenstrahlen. Vom Hafen her klang das nervtötende Husten von Motoren herüber, die nicht anspringen wollten.

Das waren die Fischer, die richtigen Fischer, die ihren Fisch in Hyères verkauften und nun hinausfuhren, um ihre Netze auf der andern Inselseite einzuholen. Der Doktor hatte sich das Spektakel am Tag zuvor angeschaut, in Pantoffeln, das Nachthemd in die Hose gestopft. Die Luft roch seltsam, so früh am Morgen. Das Meer ebenfalls. Vor allem das Meer. Und die ganze Welt war in ein seltsames Licht getaucht; pastellfarben, blass, aber von einer durchscheinenden Blässe. Hellblau. Hellgrün. Sogar die knallbunten Boote, die wie hingetupft wirkten. Und alles war in einen leichten Dunst gehüllt.

Ihm war von dem Anblick fast schwindlig geworden. Waren die Eindrücke zu intensiv? Wohl kaum. Er hatte zugesehen, wie die Boote eins nach dem andern hinausfuhren, alle in dieselbe Richtung, und das gleiche silbrige Kielwasser hinter sich herzogen. Auf den Booten waren die meisten Fischer eifrig damit beschäftigt, Reusen oder Netze zu flicken, nur der Rudergänger stand da, die Pinne zwischen den Beinen, so reglos wie Gène bei ihrer gemeinsamen Ausfahrt.

Warum nur hatte Garbanne ihnen diese Ferien auf Porquerolles eingeredet? Sie fühlten sich hier beide nicht wohl, seine Frau nicht und er auch nicht. Seine Frau hatte von der provenzalischen Küche schon Magenbeschwerden. Vom ersten Tag an hatte Jeanne Koliken gehabt, und sie hatten die Wirtin um gekochten Reis für sie bitten müssen.

Er hatte hier einen Sonnenbrand nach dem anderen. Er fühlte sich wie gerädert. Da lag er im Bett und kam sich trotz der frischen Morgenbrise, die durch die Ritzen der Jalousien hereindrang, so vor, als brüte er eine Grippe aus.

Am Tag zuvor... Nein, zwei Tage zuvor... Seine Frau hatte nach dem Mittagessen nicht gleich an den Strand gewollt, da die Kinder nicht in die heiße Mittagshitze sollten. Zu Hause hielt er nie einen Mittagsschlaf; also war er über den Platz geschlendert, wo keine Menschenseele zu sehen gewesen war und an allen Häusern die Jalousien geschlossen waren.

Das Gläschen Likör auf der Terrasse des ›Arche Noah‹ hatte er bloß getrunken, weil es dort kühl war. Drinnen hatte Polyte mit offenem Mund schlafend auf einer Bank gelegen, die Schiffermütze über den Augen. Irgendwo aus einer Küche drang Geschirrklappern.

Dann war er zum Hafen geschlurft. Auch die Jachten hielten Mittagsschlaf. Hinten am Ende der Mole war er auf einen kleinen, weißbärtigen Alten getroffen, dem die Kleidung um den mageren Körper schlotterte und der wie eine Figur aus einem Zeichentrickfilm wirkte; er hielt einen Bambusstock ins Wasser.

»Gleich hab ich ihn!«, hatte ihm der Alte zugezischt.

»Wen?«

»Den Meeraal da unten! Den schönsten, den ich in meinem Leben gesehen habe... Da ist er... Ach! Der ahnt schon, dass ich ihn gleich habe...«

Er zog den spazierstocklangen Bambus wieder aus dem Wasser. An seinem Ende war ein etwa zehn Zentimeter langes Stück Draht befestigt, und daran ein Haken mit einem weißlichen Köder.

»Was ist denn das?«

»Tintenfisch... Auf einem Holzfeuer gebraten... Damit, beim Admiral, hab ich ihn gleich...«

Warum hatte der Alte den Doktor beim Reden so spöttisch angesehen? Wollte er ihn etwa auf den Arm nehmen? War das eine Art Zirkusnummer, die er da mit seiner improvisierten Angelrute aufführte?

»Da! Beugen Sie sich vor... Da... Da sehen Sie ihn gleich seinen widerlichen Kopf rausstrecken... Da ist er... Gucken Sie schnell hin...«

Der Doktor sah nur den von der Wasseroberfläche geknickten Bambusstock und das grünliche Moos an der Mole.

»Haben Sie ihn gesehen? Das ist bestimmt schon der Zehnte, wenn nicht der Hundertste, den ich aus dem Loch da heraushole... Denn bei denen herrscht auch so 'ne Art Wohnungsnot. Kaum habe ich den da gefangen, zieht schon der Nächste ein, wieder ein Fetter, denn der Spalt ist ziemlich tief...«

Und der Doktor war dageblieben, in der prallen Sonne, die ihm ins Genick brannte, und hatte dumm geglotzt und dem Alten zugehört, mehr als eine Stunde lang.

»Warten Sie nur, ich sage Ihnen, gleich hab ich ihn...«

Es war Zeit, wieder zu seiner Frau zurückzugehen. Kaum hatte er das andere Ende der Mole erreicht, hörte er den Alten rufen und lief zu ihm zurück. Einige Jungen waren noch vor ihm dort.

Der Alte hatte wahrhaftig einen Meeraal aus dem Loch gezogen, ein schwarzes und schleimiges Viech, fast so dick wie ein Männerarm, das sich nun auf dem Kopfsteinpflaster der Mole hin und her wand. Der Mann schlug den Meeraal tot und trug ihn am ausgestreckten Arm stolz davon, wobei die Schwanzflosse des Fischs über den Boden schleifte und noch zuckte, was dem Doktor irgendwie obszön vorkam.

Seither sah er jedes Mal, wenn er an die Mole dachte, einen Meeraal vor sich, der misstrauisch den schwarzen Kopf aus seinem Loch streckte, geködert von einem ekligen Stück Tintenfisch, das an einem Draht hin und her geschwenkt wurde. Er stellte sich vor, wie diese lange, schleimige Art Schlange gewaltsam aus ihrem Loch gezerrt und wie deren Kopf mit einem Stein zerschmettert wurde.

Der Doktor döste im Halbschlaf vor sich hin und träumte von Fischen, die lautlos in einer grünlichen Welt umherschwammen, einander in felsbestandenen Unterwassergassen auflauerten und sich gegenseitig auffraßen. Der kleine Michel fing wie jeden Morgen in seinem Gitterbett zu singen an. Seine Mutter wollte noch ein bisschen weiterschlafen. Im Nebenzimmer, einem fensterlosen Raum mit einer Verbindungstür, die die ganze Nacht offen bleiben musste, wusch sich Mariette.

Der Doktor hätte zu gerne gewusst, ob Frans Klamm gefunden worden war. Und auch, wie das Mädchen im roten Kleid wohl die Nacht verbracht hatte. Hatte man die drei Kinder dort im Pionierdepot, wo ihre Mutter gestorben war, allein gelassen?

Der Doktor stand auf und zog sich an. Er sehnte sich nach den Ferien in Saint-Laurent-sur-Sèvre vom vorigen Jahr, die sie wie immer im selben Hotel verbracht hatten, wo sie jeweils freudig begrüßt wurden, als gehörten sie zur Familie.

»Guten Tag, Doktor! Guten Tag, Madame! Mein Gott!

Was die Kleine gewachsen ist… Ich habe Ihnen die Zimmer vom letzten Jahr reserviert, mit Aussicht auf den Fluss…«

Jetzt aber würden sie fast einen Monat auf der Insel bleiben müssen; wäre er nicht so rücksichtsvoll gewesen, wären sie sofort abgereist und hätten die restlichen Ferien dort verbracht, wo es immer so schön gewesen war.

Er traute sich nicht, das seiner Frau zu sagen. Dabei wusste er doch, dass sie genauso dachte. Stattdessen wiederholte er ständig:

»Toll ist es hier!«

Er ging aus dem Zimmer und überließ es Hélène und Mariette, die Kinder anzukleiden. Er war kaum vier Tage hier, und doch war es ihm schon zur Gewohnheit geworden, jeden Morgen zum Hafen hinunterzugehen, um der ›Cormoran‹ beim Einlaufen zuzusehen.

Es wurde immer heißer. Touristen angelten im Hafenbecken, obwohl sie da nur Meergrundeln mit hässlichen Bäuchen fangen konnten. Damen in weißen Kleidern oder Shorts drängten sich in kleine Boote zu einer Rundfahrt um die Insel oder zur Überfahrt nach Port-Cros.

Er sah den Bürgermeister, immer noch ganz in Blau, mit seinem Strohhut auf dem Kopf, einen Karren voll Leergut zum Anleger der ›Cormoran‹ schieben. Dort standen Männer in Gruppen zusammen, Einheimische, ungewaschen und unrasiert, deren nackte Füße in Pantoffeln steckten und die die Brise genossen und dabei zu dem weißen Fleck der ›Cormoran‹ hinausstarrten, die von La Tour Fondue herüberkam.

»Guten Tag, *Monsieur le maire*.«

Der lupfte den Hut, um sich den Kopf zu kratzen und die Stirn zu wischen.

»Gleich erfahren wir, ob Polyte ihn gefunden hat ...«

»Und die Kinder?«

»Also ... Wir wollten sie ja mitnehmen ... Meine Schwägerin hätte die zwei Kleinen aufgenommen ... Die Haushälterin vom Pfarrer hätte sich um Élisabeth gekümmert ...«

»Die Älteste, die im roten Kleid?«

»Ja ... Sie wollte nichts davon hören ... Sie hat sich an ihre kleinen Geschwister geklammert ... Sie ist richtig durchgedreht ... Am Ende mussten wir sie dortlassen ...«

»Allein?«

»Sie hat es ja so gewollt ... Da! Polyte ist an Bord ... Ich sehe seine Mütze ...«

Eine Marineoffiziers- oder Seglermütze aus weißem Segeltuch mit einem großen, goldbetressten Schirm. Auch Gène kam von Bord und begrüßte den Doktor mit einem leicht spöttischen Lächeln.

»Na, Doktor, wie steht's mit den Rotbrassen?«

Er kam aus Toulon, in Sandalen, ohne Socken, in einem schneeweißen Matrosenhemd, das er schon am Tag zuvor angehabt hatte, das Jackett lässig über dem Arm. Das Schiff spuckte einen Schwarm von Sommerfrischlern aus. Die Hotelburschen bemächtigten sich des Gepäcks.

Als Letzter betrat ein Mann den Landesteg, ganz sicher Frans, mit einem so ausdruckslosen Gesicht, dass man daraus auf einen Kater schließen konnte.

»Runter mit dir ... Los ...«

Polyte schob ihn vor sich her wie ein Gendarm seinen Gefangenen und sagte mit einem Zwinkern in die Runde:

»Er ist noch nicht ganz nüchtern... Wir haben ihm Gott weiß wie viele Tassen Kaffee eingeflößt, aber er hat sie ausgekotzt... Dann haben wir ihn Äther schnüffeln lassen, aber es geht ihm trotzdem noch nicht besser... Was sollen wir jetzt mit ihm machen, Gustave?...«

So hieß der Bürgermeister, der vorerst damit beschäftigt war, sein Leergut auf der ›Cormoran‹ zu verstauen. Frans stand regungslos in der prallen Sonne. Man konnte wirklich nicht sagen, wie alt er war. Er war hager, ausgemergelt. Er war hellhäutig wie alle Blonden, und seine Haut war von der Sonne verbrannt. Er hatte blaue Augen wie seine Tochter und blondes, fast weißblondes Haar.

Er trug eine ausgebleichte schmutzige Matrosenjacke und Espadrilles. Er starrte in die laut palavernde Menschenmenge. Gewiss bekam er alles mit. Er wirkte weder ungeduldig noch überrascht, als Polyte ihn einfach stehenließ, um einer Gruppe Einheimischer zu berichten, was er in Erfahrung gebracht hatte.

Wie ein Häftling. Die Häftlinge, die der Doktor einmal in Reih und Glied auf einem Schlepper hatte stehen sehen, der sie von La Rochelle nach Saint-Martin-de-Ré brachte, von wo sie nach Guyana verschifft werden sollten, hatten ebenso gleichgültig dreingeblickt. Bestimmt war es Frans schon mehrmals passiert, dass er einfach mir nichts, dir nichts in einen Eisenbahnwaggon oder auf ein Schiff verfrachtet und dann an einem wildfremden Ort in einem Bahnhof oder einem Hafen wieder ausgeladen wurde, wo er eine Nummer bekommen hatte und sich in einem Kasernenhof oder einer Krankenstation melden musste.

Und trotzdem – das spürte der Doktor ganz deutlich –

war Frans ihnen allen, die hier umherliefen, redeten und lachten, überlegen. Reglos und ohne eine Miene zu verziehen, stand er etwas abseits in der prallen Sonne, wie durch eine unsichtbare Schranke von ihnen getrennt.

»Ich hab's gleich geahnt«, behauptete Polyte, »dass ich ihn am Bahnhof finden würde. Ein komischer Kauz! Wer einen draufmachen will, macht das sonst doch am Hafen, wo die ganzen Musikkneipen sind, oder in den Puffs bei der Stadtmauer …«

Der Doktor hielt sich abseits und hörte gebannt zu.

»Aber der doch nicht! … Ich frage mich sogar, ob er überhaupt auf solche Weiber steht … Sag mal, Frans, gehst du in Toulon manchmal zu den Weibern?«

Frans, der das gehört haben musste, zuckte nicht mit der Wimper.

»Da wo ich ihn gefunden habe, ging's jedenfalls nicht lustig zu … Irgend so eine Kneipe, in der außer ihm kein Mensch mehr war, nur der Wirt, der endlich ins Bett wollte … Und sternhagelvoll war er …

›Frans‹, sage ich zu ihm, ›deine Frau ist tot! …‹

Und ich schüttle ihn und brüll ihm ins Ohr:

›Hast du gehört? Deine Frau ist tot …‹

Also, er hat mich bloß angeglotzt, mich und Gène, der auch dabei war, so, wie er uns jetzt anglotzt.

›Du musst mitkommen, kapiert? … Sie muss unter die Erde, deine Frau … Da ist was zu unterschreiben, was, weiß ich nicht so genau, aber der Bürgermeister wartet auf dich …‹

Aber er hat einfach weitergetrunken. Er hatte die Schnapsflasche vor sich stehen. Wir haben uns einen

Schluck genehmigt, Gène und ich; und er hat uns einfach machen lassen und weitergetrunken.

›Macht er das immer so, wenn er herkommt?‹, hab ich den Wirt gefragt.

›Jedes Mal …‹

›Und wo pennt er?‹

›Weiß nicht … Wenn ich ihn rausschmeiße, geht er irgendwohin … Wahrscheinlich in die nächste Kneipe …‹

Ich hab Gène gefragt, was wir jetzt machen sollten.

Ihr müsst wissen, es war nämlich noch nicht mal Mitternacht. Und ich kenne ja den Schlaukopf und seine Art, sich klammheimlich davonzumachen, der wäre uns noch durch die Lappen gegangen …

›Schluss jetzt!‹, sage ich da zu Gène. ›Willst du in einem richtigen Bett schlafen? …‹

Ist Gènes Frau denn nicht hier? … Gut … Also haken wir unsern Mann unter … Er hat alles mit sich machen lassen … Und wir sagen ihm immer wieder:

›Wir müssen dich ausnüchtern, Frans, deine Frau ist tot … Tot, hast du verstanden?‹

Wir konnten uns ja nicht die ganze Nacht auf der Straße rumtreiben … Also sind wir zur Stadtmauer gegangen, ins Puffviertel … Zu Flore, ihr kennt das ja …

Dort waren ein paar Matrosen – und nackte Frauen … Obwohl … Na, Gène! … Wir haben das elektrische Klavier angeworfen und uns hingehockt …

›Wir müssen ihm schwarzen Kaffee einflößen, damit er nüchtern wird‹, hab ich zu der Puffmutter gesagt. ›Seine Frau ist nämlich gestorben … Wir sollen ihn bloß holen …‹

Aber er … Ja, du, Schnapsnase! … Tu nicht so unschuldig! … Kaum dreht man ihm den Rücken zu, kippt er noch ein Glas … Und dann, nachdem er seinen schwarzen Kaffee intus hatte, fing er an zu kotzen, auch auf meine Hose, und die Alte will uns rausschmeißen … Eine Nutte, eine Große, Braune – fragt Gène, was das für ein tolles Weib war –, hat dann aus ihrem Zimmer Äther geholt …

Bist du jetzt fertig, Gustave? … Was machen wir jetzt mit ihm? …«

»Wir nehmen ihn am besten erst mal mit aufs Gemeindeamt … Komm mit, Frans … Verstehst du, was wir zu dir sagen? … Bist du jetzt halbwegs nüchtern?«

Frans schüttelte verneinend den Kopf und ging hinter dem Bürgermeister in seiner blauen Kittelschürze her, und Polyte und ein paar Männer schlossen sich an.

»Wo habt ihr sie aufgebahrt?«

»Im Gefängnis …«

»Das wird ganz schön stinken da drin … Müssen wir wieder desinfizieren, wie letztes Mal … Weißt du noch, beim alten Mouchi? … He, Sie! Doktor! Kennen Sie schon die Geschichte mit dem alten Mouchi? … Ein alter Mann, so alt, dass keiner mehr wusste, wann er auf die Insel gekommen war … So ein Italiener, sein Kauderwelsch hat man nicht immer verstanden … Einmal im Jahr, im Frühling, scherte er sich Kopf und Kinn ratzekahl, mit einem Apparat für die Schafschur, und war dann nicht wiederzuerkennen, wirkte fast wie ein falscher Priester … Danach wuchsen die Haare das ganze Jahr umso stärker, und am Ende sah man durch seine Zotteln kaum noch die Augen … Nachmittags schlief er immer auf einer Bank auf dem Platz … Er hatte ein Zimmer, immerhin, eine Bude direkt neben dem Friseur… Niemand ist da je drin gewesen… Na gut! Eines schönen Tages heißt es, Mouchi sei seit einer Woche nicht mehr aus dem Haus gekommen…

Wir gehen also den Bürgermeister holen… Das war noch der andere, der alte… Er sagt zu mir:

›Polyte, sehen wir mal bei Mouchi nach…‹

Und in dem Augenblick, wo wir die Tür aufmachen, springen uns so viele Flöhe an, dass wir sofort rückwärts wieder raus sind…

Mouchi hockte am Tisch, splitternackt, mit Rauschebart und langen Zotteln, splitterfasernackt, nach vorn gebeugt, und war mausetot…

Rein konnten wir nicht, wegen der Flöhe… Wir mussten erst die Weinbergspritze holen… Wir haben sie mit Formol gefüllt… Und wir haben das vor uns hergesprüht, als wir rein sind… Als man ihn angefasst hat, ist er stocksteif vom Stuhl gefallen. Wieder geradebiegen ging einfach nicht… War's nicht so, Leute?… Wir haben ihn in eine Kiste gelegt und im Gefängnis abgestellt, wie die Frau von Frans… Und als wir nach Monaten die Fahnen für den vierzehnten Juli rausholen wollten, waren da genauso viele Flöhe drin wie in Mouchis Bude…«

Die Männer blieben vor dem winzigen weißgekalkten Gemeindehaus stehen, in dem Frans mit dem Bürgermeister verschwunden war. Der Doktor konnte nicht bleiben, da er am andern Ende der Tamariskenallee seine Frau, Mariette und die Kinder erblickt hatte, die ihn abholen kamen. Es war Zeit, zum Strand zu gehen.

An diesem Tag sah er Frans nicht mehr. Auch zu hören

bekam er nichts über ihn, denn die Leute von der Pension ›Saint-Charles‹ waren nicht auf dem Laufenden.

Am nächsten Morgen ging er wie an den andern Tagen in aller Frühe hinaus, weil er das Zimmer seiner Frau und den Kindern zum Waschen und Anziehen überlassen musste. Er hörte Glockenläuten. Die Kirchentür stand offen.

Er blieb kurz in der Mitte des Platzes stehen und sah zwei Männer, zwei alte Männer, eine Art Sarg aus der Kirche tragen. Hinter ihnen, noch im Dunkel der Kirche, sah er einen roten Fleck, und dicht daneben den hellen Fleck einer weißen Weste oder Hemdbrust in einem schwarzen Anzug.

Am Fuß der Treppe erkannte er den Karren des Lebensmittelhändlers und Bürgermeisters wieder, dessen Deichsel in die Luft ragte. Frans hatte die Aufgabe, das Gefährt festzuhalten, während der Sarg aufgeladen wurde.

Dann stolperte der Ministrant die Stufen herab, er trug eine lange, schwarze Stange mit einem silbernen Kreuz obendrauf. Und dann kam, Gebete murmelnd, der Pfarrer.

Die beiden Alten schoben den Karren, der eine an der Deichsel, der andere an der Seite, wie Maurer auf dem Weg zur Baustelle.

Frans war in Schwarz, in einem Anzug, der ihm sichtlich zu groß und fast neu war. Er trug einen steifen Kragen und statt einer Krawatte ein Stück schwarzes Band. Er hatte feste Schuhe an den Füßen und ging darin sehr unbeholfen.

Élisabeth hatte offenbar nichts anderes anzuziehen als ihr rotes Baumwollkleid, denn sie trug es auch an diesem

Tag. Man hatte ihr schwarze Strümpfe angezogen, gewiss Strümpfe ihrer Mutter, die an den mageren Beinen schlackerten. Der Junge, der elf Jahre alt war, steckte in einem Kommunionsanzug. Die Jüngste trug etwas Hellblaues, auf das der Doktor nicht weiter achtete.

Der Ministrant schritt so schnell aus, dass sich sein Messgewand bauschte, unter dem derbe Nagelschuhe zum Vorschein kamen. Der Trauerzug bewegte sich hinter den Häusern am Platz vorbei und bog in eine Allee von Olivenbäumen, die der Doktor noch nicht kannte.

Er war hinterhergegangen, mit einigem Abstand, wie an einem unsichtbaren Faden gezogen, einen sanften, von Olivenbäumen gesäumten Hang hinauf, deren Blätter im Wind raschelten. Er hörte lautes Vogelgezwitscher und Grillengezirpe, und manchmal schreckten seine Schritte eine Eidechse oder Kröte auf, die ins trockene Gebüsch flüchtete und dabei eine Spur im Staub hinterließ.

Der Doktor wagte nicht, noch weiter mitzugehen. Er blieb stehen und sah dem seltsamen kleinen Leichenzug nach, der sich im Zickzack entfernte, den Windungen des Pfades folgend, und schließlich hinter einer Mauer in einem Garten mit vom Wind zerzausten Bäumen verschwand, offenbar dem Friedhof.

Am Nachmittag, nach der Rückkehr vom Strand, wo er zwischen den zwei nähenden Frauen und den im Sand spielenden Kindern im Schatten der Pinien gelegen hatte, machte der Doktor seinen Gang zum Hafen.

Dort war ein barfüßiger Mann damit beschäftigt, an einem an Land gezogenen Boot mit einem Schaber die graugrüne Schutzfarbe unterhalb der Wasserlinie abzukratzen.

Er war ohne Kopfbedeckung. Er trug eine Leinenhose und über dem sehnigen Oberkörper nur ein weißes Unterhemd, das unter den Achseln weit ausgeschnitten war.

Es war Frans, der ehemalige Fremdenlegionär. Am Ende der Mole erklärte der Alte, der »Admiral« genannt wurde, weil er früher mal auf einem Fünfmaster der Reederei Bordes gearbeitet hatte, gestenreich einer Gruppe von Sommerfrischlern, dass er aus diesem Loch, ja, genau aus diesem, einen riesigen Meeraal herausgezogen habe.

Aus der Kajüte einer Jacht tönte von einem Plattenspieler Südseemusik, und die Dorfkinder umschwammen, nichts als ihre dünne Unterwäsche am Leib, die Boote.

Ohne einen Blick nach rechts oder links schabte der Mann unermüdlich und geduldig mit gleichmäßigen Bewegungen Farbe und Holz ab. Niemand schenkte ihm Beachtung. Ein paar Schritte weiter hockten Fischer auf dem Boden und flickten ihre Netze, die sie dazu mit dem großen Zeh spannten.

Der Doktor stand herum wie ein kleiner Junge. Gerne wäre er zu Frans gegangen und hätte mit ihm geredet. Doch wusste er nicht, was er sagen sollte. Es war lächerlich. Er umkreiste ihn, tat so, als interessiere er sich für verschiedene Vorgänge im Hafen, und machte dann plötzlich verärgert kehrt, entschlossen, sich zu seiner Frau und den Kindern auf die Bank am großen Platz zu setzen.

Aber er wählte nicht den direkten Weg. Zunächst erklomm er links den Steilpfad bis zu einem Stück ödem, von Sukkulenten mit langen Stacheln bewachsenem Brachland.

Das Depot der Pioniere wurde von der untergehenden

Sonne rot angestrahlt. Es war von einem warmen und tiefen Rot, das gegen das Dunkelgrün der Pinien abstach. Doch da war auch noch ein Fleck in Rot, von einem ganz anderen Rot.

Draußen vor dem schwarzen Loch der offenen Tür stand Élisabeth über eine kleine Wanne gebeugt, mit Waschen beschäftigt. Der Elfjährige war nicht dabei. Vielleicht schwamm er mit den anderen im Wasser des Hafenbeckens, auf dem Öllachen schillerten.

Das Jüngste hockte auf der Erde und spielte mit einem schmutzigen Lumpen, der offenbar eine Puppe darstellen sollte.

Es herrschte völlige Stille. Die Grillen waren verstummt. Von fern vernahm man undeutlich die Südseemusik vom Grammophon auf der Jacht, die blechern und deplaciert klang.

Wieder glitt ein Kriegsschiff mit Kurs auf Toulon lautlos zwischen Insel und Festlandküste vorbei.

Élisabeth richtete sich auf und schob die sonnengebleichten Haare zurück, die ihr ins Gesicht hingen. Sie wandte sich dem Doktor zu, der reglos dastand und sicher plump, in seiner stummen Reglosigkeit sogar eigenartig auf sie wirken musste.

Von weitem glaubte er zu sehen, wie sie die Stirn runzelte, wie sie dann zu ihrer kleinen Schwester hinblickte, als müsste sie auf sie aufpassen.

»Wo warst du, François? Wir haben dich am Hafen gesucht…«

»Ich war spazieren… Ist es schon Zeit zum Abendessen?«

»Mariette behauptet, sie habe es läuten hören... Du weißt genau, dass Madame Harmoniaux es nicht leiden kann, wenn man sie warten lässt...«

Sie gingen quer über den Platz. Auf der Terrasse des ›Arche Noah‹ war man bereits beim Abendessen. Die Pension wirkte klein und blütenweiß, was durch die königsblauen Fensterläden noch unterstrichen wurde. So klein, dass er sich fast gebückt hätte, damit er in den Flur und den angrenzenden Speisesaal mit seinen weißen Tischtüchern passte, wo Leute im mittleren Alter schweigend kauten.

»Schon wieder Fisch«, seufzte die Frau des Doktors, die nur Süßwasserfisch aß. »Glaubst du, Jeanne darf das essen?«

Er nickte zerstreut.

»Aber gestern Abend hast du doch gesagt...«

»Ja... Na schön! Soll sie ihn halt stehenlassen...«

»Aber ich kann ihr doch nicht zu jeder Mahlzeit Reis bestellen... Soll ich ihr ein Ei kochen lassen?«

Vor ihm stand, noch halbvoll, die Weinflasche mit dem Namensetikett, daneben die Mineralwasserflasche seiner Frau, und links von den Tellern lagen die Servietten in ihren nummerierten Ringen.

3

Der Gartenzaun

Wie war das zu erklären? Noch ein paar Augenblicke zuvor, ein paar Sekunden zuvor, vielleicht nur Sekundenbruchteile – schwer zu sagen –, hatte er in seinem Garten gesessen, den Bauch ein wenig vorgestreckt. Sie hatten gut zu Mittag gegessen, und anschließend hatte er eine Pfeife geraucht und mit seinem Freund Armand Péchade geredet, mit dem er Medizin studiert hatte und der fünfzehn Kilometer von Saint-Hilaire entfernt in Bressuire praktizierte. Er kannte ihn genau, fast besser als die eigene Frau.

Und plötzlich schlug dieses Wohlgefühl grundlos in Unbehagen um. Der Doktor kniff die Augen zusammen. Er starrte zunächst nur auf einen kleinen Punkt im Raum, auf den Mund des Doktor Péchade und einen Teil seiner Backe. Péchade sprach gerade, und dabei verzogen und glätteten sich seine Gesichtszüge, und sein Mund entblößte gelbliche, unregelmäßige Zähne. Der Doktor fühlte sich an irgendetwas erinnert, fand aber beim besten Willen nicht heraus, was es war; erst später, als er seinen denkwürdigen Ausspruch getan hatte, sollte ihm ein Licht aufgehen. Er fühlte sich nämlich – aber das wusste er da noch nicht – an den Meeraal erinnert, den der Admiral aus seinem Loch unter der Hafenmole herausgeholt hatte –

schon fast ein Jahr war das jetzt her –, an diese große Wurst mit der trockenen und faltigen Pelle, an diese Haut, die zuckendes Leben umhüllte, das sich nicht so einfach totschlagen ließ.

Es war ihm noch nie aufgefallen, dass Péchade unterschiedlich dicke Backen hatte, und auch nicht, dass er immer schlecht rasiert war und sogar sonntags einen bläulichen Bartschatten hatte.

Die Worte hörte er. Sein Kollege sagte etwas über Typhus. Aber die Silben ergaben keinen Sinn. Es wurde immer schlimmer. Der Doktor starrte nicht mehr nur auf eine Backe und einen Mund wie auf ein abgelöstes Stückchen Universum, sondern auch auf das Haus, den Garten hier, die Frauen, die ihm gegenüber nebeneinandersaßen, den schwarzen Gitterzaun, hinter dem die Straße verlief, und dann, weiter hinten, auf den schiefergedeckten Kirchturm, der in den Himmel ragte.

Wie Péchades Backe gehörte das jetzt plötzlich nicht mehr zum richtigen Leben. Das Beklemmendste dabei war, dass der Doktor sich selbst da auf seiner Bank sitzen sah, ein wenig schräg, einen Arm über der Rückenlehne, die Beine gekreuzt, in khakifarbenen Drillichhosen und Schnürschuhen. Er fühlte sich wie eingesperrt in ein Panorama, wie auf eine Ansichtskarte gebannt. Er hätte aufstehen und in sein Sprechzimmer gehen können, wo er in einer Schublade voller Sachen, die nirgends hingehörten, zwischen Reklamebroschüren, gebrauchten Spritzen, Arzneimittelproben, auch mindestens hundert Exemplare derselben Ansichtskarte verwahrte. Man sah sie auch im Schaufenster von Mademoiselle Julie vergilben, der Kurzwarenhändlerin am Bahnhof, die außerdem Spielwaren und Gemüsesamen verkaufte.

Es war eine Fotografie seines Hauses, vor dem er gerade saß. Sein Vorgänger hatte sie bei einem Wanderfotografen bestellt, der die Gegend bereist und Ansichten von Kirchen, alten Mühlen und Hotels aufgenommen hatte.

Sein Vorgänger, Doktor Riou, hatte einen schönen, weißen Haarkranz gehabt. Er hatte im Garten die Büsche zu den seltsamen Formen gestutzt, die sie immer noch hatten. Auf der gräulichen Postkarte saß der Alte lässig auf derselben Bank, in der gleichen Pose wie sein Nachfolger, während seine Tochter, Mademoiselle Fernande, nun schon fast sechzig, aber damals fast noch ein junges Mädchen, so tat, als schneide sie Rosen vom Spalier.

Das Haus war grau, mit einem noch dunkleren Schieferdach, einem schwarzen Gitterzaun um den Garten. Die weißen Läden, von einem etwas angeschmutzten Weiß, unterstrichen diese ganze Graustichigkeit noch.

Die Sonne schien. Es war Ende Juni. Die Luft war unbewegt und heiß. So weit man blicken konnte, war kein Mensch auf der Straße, außer zwei Radfahrern, die an der Kreuzung angehalten hatten und sich unterhielten.

Diese allgegenwärtige Reglosigkeit hatte etwas Beklemmendes, auch zwei Worte, die in Riesenlettern über einem Schaufenster mit heruntergelassenen Rollläden angebracht waren: »Agat, Eisenwaren.«

Die Frauen strickten. Man hätte meinen können, sie strickten schon immer, ihr Strickzeug und ihre Hände, die mechanisch die Nadeln bewegten, seien für alle Ewigkeit in diesem kleinen Ausschnitt der Welt festgehalten.

Hatte der Doktor etwa zu viel gegessen und wurde jetzt schläfrig? Aber er war doch ganz klar im Kopf. Er hatte einen schönen Tag gehabt. Am Morgen war er früh auf seinem schweren Motorrad zum Krebsefangen gefahren. Er hatte Agat auf dem Sozius mitgenommen, ebenden Eisenwarenhändler, denn er unternahm ungern etwas allein. Sie hatten verglichen, wie viel jeder gefangen hatte. Um zehn Uhr waren sie schon wieder zurück gewesen. Der Doktor war zum Friseur gegangen, um sich rasieren zu lassen, denn sonntags rasierte er sich nicht gerne selbst. Dann war er mit Michel in die Kirche gegangen. Anschließend waren Péchade und seine Frau mit ihren drei Jungen zum Mittagessen gekommen.

So war es immer. An jedem Sonntag in dieser Jahreszeit. Im Winter gab es die Jagd, erst auf Rebhühner und Hasen und dann auf Kaninchen. Wenn die Jagdsaison vorbei war, blieb noch das Fischen in der Sèvre, zurzeit waren Krebse aktuell. Bis anhin war es eher ein schönes Jahr gewesen, denn der Doktor hatte sich zwei neue Spielereien gegönnt: eine Wurfangel mit einer wunderbaren Stationärrolle, die sehr teuer gewesen war, und ein schweres, knatterndes Motorrad, mit dem er gerne auf dem Land seine Arztbesuche machte.

Von Porquerolles hatte keiner mehr geredet, zumindest er nicht. Er hatte sich wieder an seine kräftigen Drillichhosen zum Hochkrempeln, seine Schnürstiefel, seine Sportpullover gewöhnt. Auch daran, seinen Familiennamen »Mahé« an fünfzehn oder zwanzig Häusern auf dem Lande zu lesen, denn da saßen überall Mahés, die zwar nicht oder nur so entfernt mit ihm verwandt waren, dass niemand wusste, um wie viele Ecken. Mahés und Lansquets. Seine Mutter war eine geborene Lansquet.

Zwanzigmal, fünfzigmal war er an dem Haus im Nachbarstädtchen vorbeigefahren, wo er geboren war und seine Kindheit verlebt hatte. Es war ebenfalls ein Eckhaus, an einer Kreuzung, das zu einem Café umgebaut worden war.

Er hatte sein gewohntes Leben wieder. Er vermied die Erinnerung an seinen Urlaub auf Porquerolles und sogar jeden Gedanken daran. Seine Frau Hélène sprach manchmal darüber, zum Beispiel mit Madame Péchade, doch nur, um sich über in Öl gebratenes Rindersteak, Fischsuppen, Schnaken und Skorpione zu beklagen. Denn eines Morgens, als sie die Matratzen der Kinder wendete, wie sie das seit jeher gewohnt war, hatte sie doch tatsächlich in Michels Bett einen großen, schwarzen Skorpion gefunden, der mit seinem Schwanzstachel gedroht hatte.

Es war so wenig von Porquerolles die Rede, dass er in der Woche zuvor an die Le Guens geschrieben hatte, die die Familienpension führten, wo die Mahés sonst immer den Urlaub verbrachten, und für die erste Juliwoche wie üblich Zimmer reserviert hatte.

Eben hatte der Doktor noch gar nicht an Porquerolles gedacht oder redete sich vielmehr ein, dass er nicht daran dachte. Er starrte auf den Mund seines Freundes Armand, nahm, ohne zuzuhören, die Silben auf, die daraus entwichen, ließ den Blick über seinen Garten, die gestutzten Büsche, die Frauen in ihren weißen Schürzen bis zu seiner Mutter schweifen, die wie immer Schwarz oder Grau trug und gerade eine von Michels Hose flickte.

Michel war krank gewesen. Zweimal. Das erste Mal,

kurz nach ihrer Rückkehr, hatte er Keuchhusten gehabt. Im Frühjahr hatte er sich dann gleichzeitig mit seiner Schwester und dem Doktor eine ordentliche Angina zugezogen, so dass Péchade sich zwei Wochen lang täglich um seine Patienten hatte kümmern müssen.

Péchade war selbst auch krank. Er war immer krank und hatte eine ungesunde Hautfarbe. In seinem Haushalt war nur seine Frau gesund, denn bei seinen drei Jungen gingen die Krankheiten fast nahtlos ineinander über.

Der Himmel war wolkenlos und dennoch von einem dumpfen, fast violetten Blau. Die Luft stand still. Die Häuser waren überall grau, alle Hauswände in der Gegend in Grauputz, mit ein paar altrosa Klinkern um die Fenster, die Dächer dunkel geschiefert, die Schieferschindeln mattschwarz wie hingetuscht.

»Ich glaube …«

Er wollte etwas sagen. Péchade hörte auf zu reden und lauschte. Doch der Doktor verstummte und gab seinem Freund ein Zeichen, er solle nur weiterreden.

Er war rot angelaufen, als sei er bei etwas ertappt worden. Aber jetzt wusste er, dass er es sagen würde. Er wartete auf den passenden Moment und lauschte bemüht den Worten seines Kollegen, ohne sich darauf konzentrieren zu können.

»Brédecart behauptet …«

Brédecart war einer der Professoren an der Medizinischen Fakultät gewesen.

»… es seien die Pariser, die in den Ferienorten Epidemien auslösen, sobald sie dort eintreffen … Sie sind nicht …«

»Ich glaube …«, setzte Doktor Mahé wieder an.

Er sah sich und fühlte sich immer noch eingeschlossen in dieser beklemmend reglosen Welt und musste sich regelrecht einen Ruck geben, um dieses deprimierende Gefühl loszuwerden.

»Ich glaube, wir fahren lieber nach Porquerolles …«

Seine Mutter hob als Erste den Kopf, weil sie trotz ihres Alters reaktionsschneller war als Hélène. Sie war auch die Einzige, vor der er Angst hatte. Er hatte immer mit ihr zusammengelebt. Auch nach der Heirat hatte er sich nicht wie andere, die von zu Hause wegziehen, freier gefühlt.

Das Leben nahm seinen Gang, genau wie damals, als er ein Junge war und noch zur Schule ging. Immer noch weckte sie ihn jeden Morgen und sagte ihm auch, wann er die Unterwäsche wechseln musste.

Sie hatte eine sanfte Art. Mit samtweicher Stimme kümmerte sie sich um alle, behielt alles im Auge, wachte nächtelang an den Betten der Kinder, wann sie krank waren.

Trotzdem hatte er Angst vor ihr.

»Was erzählst du da?«, unterbrach sie ihn in einem Ton wie früher, wenn sie ihn bei einer Lüge ertappt hatte.

»Ich habe gesagt … Ich weiß noch nicht … Ich wollte bloß mit Péchade darüber reden …«

Der hatte schon verstanden, dass Vorsicht geboten war. Hélène jedoch sah erst ihren Mann und dann ihre Schwiegermutter an, in der Hoffnung, diese werde dem Scherz schon ein Ende machen.

»Im ganzen Sèvretal herrscht Typhus, besonders bei Saint-Laurent und Mortagne … Die Kinder haben noch keinen gehabt …«

»Hier gibt's auch welchen …«

»Drei Fälle … Das ist nicht dasselbe …«

Obwohl er sah, dass es Péchade peinlich wurde, berief er sich auf ihn als Zeugen.

»Die Kinder, vor allem Michel, haben ein schlechtes Jahr hinter sich. Michel nimmt seit mehr als sechs Monaten nicht mehr zu. Eine Luftveränderung …«

Seine Frau unterbrach ihn:

»Letztes Jahr auf Porquerolles ist es ihm auch nicht bessergegangen, und ewig Darmbeschwerden hatte er auch …«

»Aber als wir wieder daheim waren, hat er zugenommen … Darauf kommt's nämlich an … Findest du nicht auch, Péchade? …«

Er wollte dabei niemandem ins Gesicht sehen und auch lieber in keinen Spiegel.

Eben hatte er eine umwerfende Entdeckung gemacht: Er sprach von Porquerolles wie von einer geheimen Sucht.

Das war es, weshalb er ein Jahr lang keinen Gedanken daran zugelassen hatte und auch nie bewusst darüber nachgedacht hatte. Dabei war Porquerolles in seinem Geist ständig unterschwellig präsent gewesen, aber irgendwie immer nur als negatives Bild.

Etwa wenn er angeln ging. Sogar mit seiner neuen Angelrute! Er fühlte sich schlapp, schwunglos. Manchmal verharrte er bewegungslos, als spüre er im Unterbewusstsein der Erinnerung an ein starkes Empfinden nach.

Auch wenn er auf seinem schweren Motorrad an den Feldern vorbeifuhr, wo die Ernte begonnen hatte oder wo schwerfällige Rinder grasten. Er kam auf Bauernhöfe, wo es nach Jauche oder Sauermilch roch. Die Leute sprachen Dialekt. Alles hatte dort seinen Platz.

Auf Porquerolles aber waren ihm sogar alle Dinge feindlich gesinnt gewesen. Er hatte versucht, sie zu beschwichtigen. Da unten empfand er um sich herum ständig so etwas wie ein ungeheures Chaos, ein brausendes Leben, bei dessen bloßer Berührung sein Puls schon schneller schlug und ihn fiebern ließ.

Ein ganzes Jahr lang war er fest entschlossen gewesen, nie wieder dorthin zu fahren. Deswegen hatte er eine Woche zuvor bei den Le Guens schriftlich Zimmer reserviert.

Wie sollte er sich nun erklären, dass es ihn nicht überraschte, dass er sich jetzt doch entschieden hatte, in den Süden zu fahren?

Denn es war eine Entscheidung, unzweifelhaft, und die andern, die ihn nur zu gut kannten, hatten auch keine Zweifel. Er lebte schon zu lange mit seiner Mutter zusammen, als dass er einfach hätte sagen können:

›So wird's gemacht, und basta …‹

Er ging es anders an. Umständlich begann er:

»Ich glaube, es wäre besser, wenn …«

Wenn man ihm widersprach, machte er manchmal einen Rückzieher. Aber nicht für lange. Er griff erneut an, die Stirn voraus, den Kopf gesenkt.

»Ich frage mich, ob es wirklich …«

Sein erneuter Angriff sah so aus, dass er bewusst ein Thema ansprach, das er Péchade gegenüber noch nie aufgebracht hatte. Er erzählte ihm von Michels Beinen, von seiner Wirbelsäule, von seinen Befürchtungen, der Junge könne von seiner Mutter den schwachen Knochenbau geerbt haben. Eine Schwester seiner Frau hatte nämlich Knochentuberkulose.

»Na, hör mal, François!«, fuhr seine Mutter dazwischen. »Du wirst doch nicht behaupten wollen, Michel hätte …«

»Aber nein! Ich behaupte gar nichts. Ich sage bloß zu Péchade, Baden im Meerwasser sei genau die richtige Indikation für den Jungen …«

»Dazu brauchst du nicht nach Porquerolles zu fahren, auch nicht dahin, wo der Pfeffer wächst. Nach Les Sables-d'Olonne am Atlantik ist es von hier nur ein Katzensprung …«

»Was meinst du, Péchade? Erstens sind in Les Sables-d'Olonne Tausende von Kindern … Zweitens fürchte ich, das Reizklima ist dort nicht stark genug … Im Übrigen haben wir genug Zeit, noch mal darüber zu reden …«

Erledigt. Es war entschieden. Jetzt wusste er, dass er den Urlaub weder in Les Sables noch am Ufer der Sèvre verbringen würde. Er brauchte etwas anderes, musste von dieser Landschaft loskommen, die ihm so beklemmend leer vorkam.

»Bringst du uns den Likör?«

Als seine Frau mit Mariette zurückkam, um den Damen Tee und den Herren Likör zu servieren, sah er ihre geröteten Augen. Sie hatte geweint, eher geschnieft, denn zu echtem Kummer reichte es bei ihr nie.

»Also werden wir wieder Fischsuppe löffeln!«, versuchte sie krampfhaft zu scherzen.

Er spürte, dass sie das nicht so leichthin gesagt hatte, wie es scheinen mochte. Dass sie nie miteinander über Porquerolles geredet hatten wie sonst über gemeinsame Ferien, mochte daran liegen, dass schon das Wort »Porquerolles« zwischen ihnen tabu war.

Vorzuwerfen hatte er sich nichts. Auch seine Frau hatte ihm nichts vorzuwerfen. Im Gegenteil! Dort unten hatte er sich häufiger mit ihr und den Kindern beschäftigt als bei den Le Guens, wo er tagelang angeln gegangen war.

Eigentlich hat er sie auf der Insel nie allein gelassen, höchstens morgens, wenn sie die Kleinen wusch und anzog, und abends, wenn sie sie auszog und zu Bett brachte. Dann war er zum Dorfplatz hinuntergegangen und hatte dabei noch gemeint, sich rechtfertigen zu müssen:

»Ich gehe bis zum Hafen und warte dort auf dich …«

Aber er tat nichts Verbotenes. Nie. Er sprach keine Frau an, drehte sich auch nicht wie andere nach weiblichen Touristen in Shorts um.

Und trotzdem zuckte er jedes Mal zusammen, wenn seine Frau unverhofft zu ihm stieß, und fühlte sich zu Erklärungen genötigt:

»Ich habe mir das Boot da angesehen … Findest du nicht auch, dass …«

Oder aber er hatte keine Antwort, wenn sie fragte:

»Wo bist du gewesen?«

Er war nirgends gewesen. Er war ziellos um den Hafen geschlendert oder hatte sich bei den Boulespielern aufgehalten.

Warum war sie instinktiv ihm gegenüber feindselig eingestellt? Zu Hause fragte sie ihn nie, wo er hinwollte. Es kam ihm gar nicht in den Sinn, es ihr zu sagen. Er schwang sich auf sein Motorrad, fuhr knatternd durch das Städtchen, kam irgendwann nach Hause, häufig erst, wenn Frau und Kinder schon beim Essen saßen.

»Man hat von La Béchelerie angerufen …«

»Ich weiß schon, warum. Morgen fahr ich hin …«

»Es ist offenbar dringend …«

»Kann warten …«

Man wollte ihm nicht widersprechen. Aber wenn es um Porquerolles ging …

Dann protestierte sogar seine Mutter, die Gott weiß welche Heimlichtuerei witterte!

Und er wurde rot …

Wenig später ertappte er seine Frau, wie sie Madame Péchade zuflüsterte:

»Ich weiß nicht, woran es liegt … Ich habe ihn noch nie so nervös erlebt wie da unten … Alles machte ihn reizbar … Er regte sich über Lappalien auf … Und jetzt will er unbedingt wieder dorthin! …«

Dann machten sie, was sie fast immer machten, wenn sie sonntags zusammen aßen. Die beiden Männer standen auf und unternahmen einen Spaziergang die Straße entlang. Der Doktor fühlte sich zu einer Erklärung verpflichtet … Weshalb?

Er seufzte:

»Das wird noch eine harte Sache!«

»Das mit Porquerolles?«

»Ja … Das kommt wieder aufs Tapet, gleich heute Abend, wenn ihr weg seid. Die tun sich zusammen.«

»Deine Frau scheint nicht gerade begeistert zu sein …«

»Wenn es nach ihr ginge, würden wir überhaupt nicht wegfahren, was sage ich, nicht einmal aus dem Haus gehen; sie würde jahraus, jahrein drinnen sitzen und nähen …«

Im Halbdunkel der Cafés spielten schwarzgekleidete

Männer Karten, sie wirkten wie die gebeizten Bänke und die lackierten Tische wie in Stein gemeißelt.

Manchmal bekam er einen Widerwillen gegen sie, gegen alle, wie sie da saßen, besonders sonntags, in ihren schwarzen Anzügen, die dicken Hälse in weiße Hemdkragen gepresst.

»Und du? Fährst du zu deinen Schwiegereltern wie immer?«

Péchade schien nichts dabei zu finden. Die Begrenzungspfähle zu beiden Seiten der Straße waren grellweiß. Da waren Hecken, Wiesen mit Kühen, Radfahrer, die jetzt mit Ginstersträußen am Lenker zurückkamen, sonntäglich aufgeputzte Mädchen, die grüppchenweise untergehakt flanierten und die ganze Straßenbreite einnahmen.

Dort unten, weniger als zwei Kilometer entfernt, lag das andere graue Haus mit seinen Scheunen und Ställen, sein Vaterhaus, das Haus des alten Mahé, über den die Gegend immer noch sprach und der eine Art Sagengestalt geworden war.

Ein solcher Riese, dass er sich bücken musste, um hier einzutreten … Ein Mann wie ein Kleiderschrank …

François hatte ihn nicht wirklich gekannt, weil er erst drei Jahre alt gewesen war, als sein Vater starb.

»Wenn Jahrmarkt war, habe ich gesehen, wie er zehn Maßkrüge nebeneinanderstellte und sie in der Zeit leerte, die Sie für ein einziges Glas brauchen …«

Pferdehändler war er gewesen … Die Rede war auch immer von seinem berühmten Pony …

Warum waren diese Erinnerungen bei ihm so bildhaft, so grell wie Ansichtskarten?

Es war auf dem Jahrmarkt ... ja ... Er hatte die Geschichte hundertmal gehört, fünfhundertmal ... Hier sollte er sie noch einmal bestätigt bekommen ...

»Stimmt's etwa nicht, Doktor? ... Wir reden gerade von Ihrem Vater ... Den Trick hatte er schon etliche Male vorgeführt ... Er packte sein Pony an den Vorderbeinen, lud es sich quer über die Schultern und trug es über die Straße ... Eines schönen Tages – es war Sankt-Andreas-Markt – hatte er mit Kollegen, ich weiß nicht, wie viel, gewettet, das auch mit seinem Pferd zu schaffen ... Er hatte schon allerhand getrunken, es war immerhin bereits fünf Uhr nachmittags ... Aber hören Sie! ... Man konnte ihm einflößen, so viel man wollte, er blieb trotzdem bei klarem Verstand und zog einem das Fell über die Ohren ... Da stehen also alle auf der Straße, und man holt sein Pferd ... Er packt es an den Vorderbeinen wie das kleine Pony, das höchstens ein Viertel so schwer war ... Jemand ruft:

›Lass sein, Isidore ... Du verhebst dich noch ...‹

Die anderen aber stacheln ihn an ...

Also gut! Er lädt es sich auf die Schultern, so wahr ich hier stehe. Bloß als er losgehen will, sieht man, wie ihm die Beine wegknicken ... Aber er will es unbedingt schaffen ... Er macht drei, vielleicht vier Schritte, die Adern schwellen ihm ganz blau an ... Und plötzlich fällt er um und tut keinen Mucks mehr ...

Er war tot ... Ein Prachtkerl war das!«

François war trotzdem in dem Haus groß geworden. Der Pferdehandel ging weiter. Auch ein kleiner Ausschank war dabei. Seine Mutter war damals schon ganz mager, ganz ausgezehrt gewesen und hatte von früh bis spät mit dem Gesinde herumgezetert.

Das war keine Frauensache, so was. Die Leute sagten:

»Irgendwann muss sie doch verkaufen.«

Was hätte sie denn tun sollen, ohne Geld im Haus und mit einem kleinen Jungen am Hals?

Sie hatte es durchgestanden, indem sie den Ausschank weiterführte, mit den Kunden in die Pferdeställe ging, abends den Stallknecht einsperrte, wenn er betrunken war, und ihren Sohn Medizin studieren ließ.

Dann war es ausgestanden gewesen, ihr Sohn erwachsen, mit einer abgeschlossenen Berufsausbildung. Sie hatte etwas Besseres aus ihm gemacht, ihm Haus und Praxis des alten Doktor Riou gekauft und ihn verheiratet. Denn tatsächlich hatte sie ihn verheiratet.

Und immer noch schmiss sie den Haushalt.

Was wollte er mehr? Er hatte seine Ruhe, seinen Zeitvertreib, konnte auf die Jagd oder zum Angeln gehen, wann es ihm passte. Er hatte gute Hunde. Jeder im Städtchen begleitete ihn gerne.

Aber jetzt?

Was war eigentlich an diesem Porquerolles, wo er sich als Erster über das Essen und die Betten beklagt hatte?

»Hast du da unten geangelt?«, fragte Péchade, der neben ihm hertrottete.

Der Doktor wusste nicht, was er antworten sollte. Nur einmal war er angeln gewesen, mit Gène. Und jedes Mal, wenn er ihm über den Weg lief, hatte der beiläufig gefragt:

»Fahren wir morgen raus, Doktor?«

»Vielleicht ein andermal …«

Am erstaunlichsten war, dass er sich aus einer Art Scham zurückhielt. Er kam sich unbeholfen vor. Er fühlte sich nicht wie zu Hause. So hatte er etwa zwei Tage lang die blaue Hose getragen, die er im Laden des Bürgermeisters erstanden hatte, und dazu Espadrilles und ein weißes Hemd mit bis zu den Ellbogen geschlitzten Ärmeln.

So was trugen die Leute dort in der Gegend, und ebenso die Touristen, die Boule spielten.

Er spürte die verstohlenen Blicke seiner Frau, wenn er das Hemd anhatte. Es konnte vorkommen, dass sie ihn von weitem nicht erkannte. War er zu dick? Unter den Fischern gab es welche, die genauso dick waren wie er, manche waren noch viel dicker.

Seine Haut war wohl zu hell. Er bekam immer gleich einen Sonnenbrand. Seine Haut wurde rot wie eine Wunde, schälte sich und ging in langen, weißlichen Fetzen ab.

Dann hatte er plötzlich die blaue Hose nicht mehr anziehen wollen. Manchmal trug er sogar Kragen und Krawatte wie zu Hause.

Kein einziges Mal hatte er Gelegenheit gehabt, Frans Klamm anzusprechen, und dabei hatte er ihn doch fast jeden Tag gesehen. Der hatte sich immer am Hafen herumgetrieben, barfuß und mit einer Haltung, die ihn von den anderen unterschied, steif und behende zugleich. Man hörte ihn nie kommen. Er verursachte nicht einmal einen Luftzug, und man war jedes Mal überrascht, wenn er nahe an einem vorbeiging.

Auf der sonnenbeschienenen Mole rief man ihn:

»Frans! … He! Komm her, Frans … Fang mal das Netz auf …«

Dann kam er, folgsam wie ein Tier. Er tat, was man von ihm wollte. Er war jedermann zu Diensten. Man warf ihm dafür eine Münze zu. Oder forderte ihn auf, an Bord zu kommen, um Reste zu essen. Er aß bedächtig, wahrte dabei seine stoische Haltung, und seine Bewegungen waren eigenartig geziert, auch wenn er mit den Fingern aß.

Der Doktor hatte wahrhaftig seit einem Jahr nicht mehr an ihn gedacht, nicht an seine Tochter im roten Kleid, die so schlank war, auch nicht an Polyte, der friedlich auf einer Cafébank im bläulichen Schatten schlief, unbekümmert von dem Gebrodel um ihn herum.

Wenn er sich jetzt gewissenhaft fragte – und er schämte sich ein bisschen, weil er das tat, ohne es zu wollen –, musste er sich eingestehen, dass er gar nicht daran hatte zu denken brauchen, weil er immer genau gewusst hatte, dass er dorthin zurückkehren würde.

Eine Art stillschweigende Verabredung. Die auch noch bestand, nachdem er an die Le Guens geschrieben hatte …

Was würde Armand Péchade wohl sagen, wenn er ihm erklärte:

»Bei den Le Guens hab ich schriftlich reserviert, aber da hab ich schon gewusst, dass wir nicht hinfahren …«

Man würde ihm Hinterlist vorwerfen. Dabei hatte es mit Hinterlist überhaupt nichts zu tun.

Er hatte es eben gewusst. Mehr war nicht.

Warum? Das war etwas ganz anderes. Noch auf der ›Cormoran‹ damals, auf der Hinfahrt zur Insel und beim ersten Blick auf sie, hätte er gern kehrtgemacht, wie seine Frau, aber aus anderen Gründen.

Schön war es dort, gewiss. Sogar ganz toll. Hatte es

daran gelegen, dass er vorn im Schiff über die Reling gebeugt zugesehen hatte, wie der Bug das Wasser in zwei Kielwellen zerschnitt? Dabei hatte er bis auf den Meeresgrund hinuntersehen können. Dieser Grund war schwindelerregend näher gerückt, mit seinen Felsen, seinen Tälern, seinen Weiden, denn inzwischen wusste er, dass es Fischweiden gab. Schon in diesem Augenblick hatte er den Schwindel gespürt, der ihn noch viel schlimmer erfassen sollte, als er mit Gène zum Angeln hinausfuhr.

Der Grund der Sèvre und die Fische dort hatten nicht diese Wirkung auf ihn.

Da unten, das war eine feindliche Welt, eine Welt, die ihm so fremd war, dass er sich verloren fühlte. Sogar die Insel… Die vom Sonnenlicht zitternde Luftglocke darüber, der Skorpion im Bett seines Sohns, das betäubende Grillengezirpe…

Und wenn schon! Gerade eben im Garten hatte ihm dieses Zirpen plötzlich gefehlt, das schon ein Jahr zurücklag. Die Luft war ihm leer erschienen, die Straße tot, das Städtchen öde, wie ausgestorben.

Er hatte immer Lust gehabt, von der Pension ›Saint-Charles‹ zum Hafen hinunterzugehen, ganz allein, um zuzusehen, wie mit der Harpune ein großer Krake mit Tentakeln voll zuckenden Lebens aus dem Hafenbecken geholt wurde.

Es war Lust und Angst zugleich gewesen. Er wusste, dass er da unten unglücklich sein und sich fremd fühlen würde.

Seine Frau war eifersüchtig! Denn ihr Misstrauen, ihre Feindseligkeit waren nichts anderes als Eifersucht. Worauf war sie wohl eifersüchtig gewesen?

Er zuckte zusammen, verblüfft, dass er mit seinem Freund Péchade mehr als hundert Meter gegangen war, ohne etwas zu ihm zu sagen und auch ohne ein Wort von Péchade zu hören.

»Sollen wir nicht lieber umkehren?«

»Wie du willst. Übrigens fahren wir auch bald heim. Ich frage mich, ob ich das Auto in der Sonne abgestellt habe.«

Da stand es, in einem Gässchen, schwarz und stumm. Dann mussten die drei Jungen angezogen und Rosen für Madame Péchade geschnitten werden, die den eigenen Garten voll davon hatte. Im letzten Moment erinnerte man sich an ein Rezept, das man ihr versprochen und zu geben vergessen hatte. Schubladen wurden durchkramt.

»Wenn ich's dir doch sage«, rügte zum soundsovielten Male die alte die junge Madame Mahé. »Du hast es letzte Woche Madame Delépine geliehen …«

»Macht nichts, Hélène … Ich nehm's das nächste Mal mit …«, sagte Madame Péchade.

Die Luft am Sonntagabend roch irgendwie nach Staub, Schweiß und Likör. Dann fanden sie sich alle am Auto wieder, vergewisserten sich, dass die Türen richtig zu waren, kurbelten die Scheiben herunter, um sich noch einmal die Hand zu geben.

»Kommst du diese Woche nach Bressuire?«

»Vielleicht … Ich muss dort wahrscheinlich einen Patienten im Krankenhaus besuchen …«

Das Auto verschwand am Ende der Hauptstraße. Sie gingen durch den Garten zurück, nachdem sie das quietschende schwarze Gittertor geschlossen hatten. Die Kinder liefen voraus. Jeanne hielt ihren kleinen Bruder an der

Hand. Man hatte ihm eine Pagenfrisur geschnitten, die sein Gesicht weich umrahmte, und sie hatte eine große Schleife im Haar.

Der Doktor spürte, dass seine beiden Frauen ihn verstohlen musterten. Schwerfällig schlurfte er zum Haus zurück, blieb stehen, um die Pfeife am Absatz auszuklopfen.

Als sie die Treppe zur Terrasse hinaufstiegen, sprach ihn seine Mutter an.

»Dann ist es also beschlossene Sache?«

Sie kannte ihn. Er begnügte sich mit einem Nicken, einem Nicken, das noch nicht so richtig energisch war.

»Wie du meinst! Den Le Guens müssen wir sofort absagen … Kannst du sie anrufen?«

Um sie abzuwimmeln, antwortete er:

»Mach ich sofort.«

Und er ging in sein Sprechzimmer, um sich verbinden zu lassen. Hinter der Tür eines offenstehenden Wandschranks waren ein emailliertes Waschbecken und ein rautenförmiger Spiegel. Er besah sich darin. Er hatte einen kugelförmigen Kopf, eine niedrige Stirn, großporige Haut, die immer vom hohen Blutdruck oder vom Sonnenbrand gerötet war.

Aber jetzt, wo er sich ansah, verzogen sich seine Lippen zu einem Lächeln, einem Lächeln, das er schon lange nicht mehr an sich gesehen hatte, genau das Lächeln eines Bengels, der soeben seinen Kopf durchgesetzt hat.

»Hallo! Sind Sie's, Madame Le Guen? … Aber ja, ich erkenne Sie an der Stimme … Wie geht's Ihnen denn so? … Viele Gäste … Ja … Stellen Sie sich vor, wir können dieses Jahr nicht kommen …«

Das Telefon stand auf seinem unaufgeräumten Schreibtisch. Alles lag herum, das Blutdruckmessgerät, Medikamente, ein Stethoskop, Löffelblinker für die Hechtangel …

Er musste an sich halten, um nicht beim Reden, auf den Ellbogen gestützt, alles mit einer ausholenden Bewegung herunterzufegen.

In einer Woche …

Warum nicht schon samstags fahren und so zwei Tage gewinnen? … Aber klar! … Die Frauen würden meckern, die Zeit reiche nicht zum Packen … Aber zwei Tage wären immerhin gewonnen …

Nachdem er aufgelegt hatte, schob er den Stuhl zurück, blieb aufrecht mitten im Arbeitszimmer stehen und stopfte sich seine alte Pfeife, während in der Küche getuschelt wurde.

4

Élisabeth ist gefallen

Mit gespreizten Beinen saß er auf der blaugestrichenen Bank zwischen den beiden Fenstern mit den im selben Blau gestrichenen Rollläden vor der weißen Fassade der Pension ›Saint-Charles‹. Die Fenster standen offen, und er hörte deutlich, wie Gabeln auf Tellern klapperten.

Es war die blaue Stunde, noch zu früh zum Lichtanmachen. Alle Umrisse waren scharf, zu scharf, doch das Licht hatte sein Flimmern verloren und war wie erstorben. Zu diesem Zeitpunkt hasteten in tausend Pensionen, tausend kleinen Hotels am Meer Familien auf einen Glockenschlag oder das Schrillen einer Klingel herbei, um sich an gleich gedeckten Tischen niederzulassen. Tausend Kinder, von peinlich berührten Müttern vergeblich zum Stillsein ermahnt, fragten hell und durchdringend:

»Was gibt's denn heute Abend?«

Auf gedeckten Tischen warteten angebrochene Weinflaschen neben der Mineralwasserflasche, vielleicht auch eine Pillenschachtel oder ein Stärkungsmittel.

Das Gewitter hing in der Luft. Die Frau des Doktors ließ Tochter und Sohn, die mit der Serviette um den Hals bereits am Tisch saßen, unter Mariettes Obhut zurück und ging entschlossen zur Tür, wobei sie sich an die

Wand drückte, um Madame Harmoniaux vorbeizulassen.

»*Pardon*, Madame...«

»Gehen Sie ruhig durch...«

»Mein Mann trödelt immer so...«

Und draußen:

»Komm essen, François... Du brauchst nicht auf Alfred zu warten... Er isst viel schneller als die Kinder...«

Genau in diesem Augenblick brach das Gewitter über ihren Köpfen los, große Tropfen klatschten endlich auf das dichte Blattwerk, verschwanden im fast weißen Mehlstaub des Weges, wobei sie kleine Löcher hinterließen.

Man konnte ahnen, wie viele Leute den Kopf hoben und aus tiefster Brust aufseufzten.

»Na, endlich!«

Auf dieses Gewitter wartete man schon seit vierzehn Tagen. Den ganzen Tag war der Himmel farblos und bleiern wie in Afrika gewesen, der Widerschein der Sonne auf dem Meer schmerzte in den Augen und verursachte Kopfweh. Abends sah man an dem ins Violette wechselnden Himmel dicke schwarze Wolkentürme; sie blähten sich fast über der Insel wie Geschwüre kurz vor dem Platzen. Jedes Mal empfand man dasselbe Gefühl, wenn eine leichte Brise das Laub erzittern ließ und kaum wahrnehmbar den glühend heißen Bodenstaub aufwirbelte. In der Ferne grollte Donner, aber dann hatte man vierzehn Tage hintereinander voller Enttäuschung zusehen müssen, wie der Wolkenbruch aufs Festland prasselte, fast immer am selben Punkt der Bergkette der Maures, die den Horizont bildete. Von der Hafenmole, von überall konnte man zusehen, wie der Regen wie ein riesiger grauer Vorhang, wie ein millionenfach vergrößerter Rasensprenger niederging, und begab sich dann schweren Schrittes zu Tisch, innerlich so angespannt und nervös wie die Katzen und die Insekten.

Diesmal aber kam der Regen. Die Mahés hatten einen Tisch am Fenster, denn es war nicht ihr erstes Jahr in Porquerolles, auch nicht das zweite, sondern bereits das dritte. Madame Harmoniaux, so unerschütterlich wie ein Turm beim Schachspiel, kam nachsehen, ob es ihnen an nichts fehlte. Der Doktor rief nach der Bedienung:

»Éva! …«

Und das dicke Mädchen in der weißen Schürze bediente sie mit verschwörerischem Lächeln.

Er aß in einem Hemd, dessen Ärmel seine Frau an den Ellbogen abgeschnitten hatte. Wenn der Kragen leicht offen stand, sah man die Trennlinie zwischen der weißen Haut seines Körpers und dem sonnenverbrannten Nacken.

Die Kinder waren gewachsen, wie andere Kinder auch, die ihnen im ersten Jahr aufgefallen waren. Die Jungen waren jetzt im Stimmbruch. An ihrem Tisch waren noch ein Stuhl und ein Gedeck frei.

»Er hat sich sicher wegen des Gewitters untergestellt«, sagte Hélène und legte Michel vor.

Und erstaunt, ihren Mann so finster und ungeduldig zu sehen, entschuldigte sie sich für ihren Neffen, denn es handelte sich um einen Sohn ihrer älteren Schwester, den sie mit in Urlaub genommen hatten.

»Es ist das erste Mal, dass er zu spät kommt.«

Genau. Und ausgerechnet an diesem Tag!

»Du isst ja gar nichts …«

»Aber doch …«

Er war von einer derartigen Angst gepackt, dass er sich fragte, ob er nicht hinübergehen und sich vergewissern sollte, ob … Dazu noch saß ihm Mémé genau gegenüber, allein und behäbig an ihrem Tisch. Sie war unübersehbar, unförmig, die Haut sonnenverbrannt, mit Hängebusen und grauen Haaren. Sogar in Kleidern sah er sie wie so viele Male splitternackt, in ordinärer Nacktheit in einer kleinen Felsenbucht auf dem Sand liegen, wo sie den größten Teil ihrer Tage verbrachte.

Niemand wusste, wie alt sie war. Auf jeden Fall älter als fünfzig. Vielleicht sechzig? Eine Holländerin oder Belgierin. Frühmorgens ging sie allein weg und legte sich nackt in ihre Felsenbucht.

Bisweilen kam ein Boulespieler zu spät zur Partie auf den Dorfplatz. Inzwischen spielte der Doktor öfter mit. Er war bekannt. Alle riefen ihn »Doktor«.

»Warum kommst du erst jetzt, Joseph?«

»Hab Mémé gebumst …«

Denn sie gab jedes Mal fünfzig Franc. Die Handtasche mit dem Geld hatte sie neben sich liegen. Die Männer gingen Mémé bumsen, einfach so, in ihrer Felsenbucht, wenn sie fünfzig Franc brauchten …

»An was denkst du?«

An Alfred … An Alfred, der noch nicht zurück war und der jetzt gerade im Regen zurückgerannt kam, sich kurz im Flur schüttelte und ihnen von weitem zurief:

»Ich komme sofort …«

Der Junge sprang die Treppe hoch, mehrere Stufen auf einmal nehmend. Warum? Um sich umzuziehen, weil er durchnässt war? Der Doktor wusste, dass da noch etwas anderes war. Er war drauf und dran, selbst hinaufzugehen, blieb aber auf seinem Platz im Speisesaal sitzen, wo Éva mit Tellern hin und her ging.

Alfred war neunzehn. Merkwürdigerweise ähnelte er nicht seiner Mutter, sondern Hélène, die doch nur seine Tante war. Das war irgendwie peinlich. Ist es nicht immer peinlich, wenn man erkennen muss, dass ein Junge einem Mädchen ähnlich sieht?

Er hatte sein erstes juristisches Examen bestanden.

Das hatte ihn dermaßen erschöpft, dass in der Familie diskutiert wurde, ob man ihn überhaupt weiterstudieren lassen sollte. Seine Mutter bestand darauf, denn sie besaß ein kleines Vermögen und wollte ihm später eine Kanzlei kaufen.

Am Morgen trabte er jeweils hinter seinem Onkel her, voll guten Willens und immer dienstbereit.

»Da kommt er schon runter ... Siehst du!«

Er sah, und was alles! Er sah eine gewisse Befangenheit in der Miene seines Neffen und in seinen Augen zugleich eine glimmende Freude, die nichts mit dem endlich losgebrochenen Gewitter zu tun hatte. Er setzte sich hin und stammelte:

»Entschuldigt, bitte ...«

Dann wandte er sich zu Éva.

»Keine Suppe ...«

Er hatte sich nicht nur umgezogen, sondern sich auch die Hände gewaschen. Sie rochen noch nach dem Lavendel der Seife. Das sagte alles, denn sonst war er nicht so pingelig.

Obendrein zwinkerte er seinem Onkel mehrmals zu, sobald er dessen Blick auffing, was eindeutig heißen sollte: ›Es ist passiert!‹

Da krampfte sich die Brust des Doktors zusammen, so dass er einen Moment zu ersticken meinte. Trotzdem fühlte er sich verpflichtet, anerkennend zu lächeln. Zum Glück krachte gerade das Gewitter, das alle in seinen Bann schlug, zuckten Blitze über den Himmel, spritzte der Regen fast bis zum Tisch, und Madame Harmoniaux zündete endlich die Lampen an, weil man nicht mehr richtig sah.

»Ist dir nicht gut, François?«

»Doch, doch!«, wehrte er mit gequältem Lächeln ab.

»Du isst ja gar nichts…«

»Na gut! Wenn du meinst, dann esse ich halt!«

Wütend schlang er das Essen in sich hinein. Wenig fehlte, und er hätte sich die Bissen mit den Fingern in den Hals stopfen müssen.

Es war abscheulich. Er war wütend. Er schämte sich. Er fragte sich, wie er so was hatte tun können. Es war so ungeheuerlich, dass er es trotz der eindeutigen Anzeichen noch nicht glauben mochte und darauf wartete, mit ihm unter vier Augen sprechen zu können.

Wegen des Regens blieben die Pensionsgäste nach dem Essen im Speisesaal sitzen, bis auf ein paar, die im Flur auf und ab gingen oder durch den Türrahmen in den Wolkenbruch hinausblickten.

»Bleibst du noch unten?«, fragte Hélène, als sie mit Mariette hinaufging, um die Kinder ins Bett zu bringen.

Auch Mariette war noch Jungfrau, er war sich da fast

sicher. Sie war verlobt. Nächstes Jahr würde sie nicht mehr mitkommen.

»Ich gehe mit Alfred ins ›Arche‹ ...«

»Ihr werdet ganz nass ...«

Sei's drum. Sie rannten. Es waren kaum hundert Meter, bis sie auf der überdachten Terrasse des ›Arche Noah‹, wo eine Menge Leute saßen, wieder im Trockenen waren.

»Es ist passiert ...«, bestätigte Alfred noch im Rennen.

Und der arme Junge, der noch immer zitterte, ahnte nicht, dass ihn sein Onkel dafür hasste.

Was hatte den Doktor dazu gebracht, sich so zu verhalten? Sie fanden ein trockenes Plätzchen neben den Sukkulenten, die die Terrasse säumten. Der Doktor bestellte einen Schnaps, was er abends selten tat. Und Alfred, dieser Idiot, stieß freudig hervor:

»Für mich auch einen! ... Zur Feier des Tages ...«

Er hatte es eilig mit seiner Erfolgsmeldung. Er war noch linkisch. Er war es noch nicht gewohnt, damit zu prahlen, vor allem nicht vor seinem Onkel. Aber er war ja dazu ermuntert worden ...

»Stell dir vor, ich hab dich gesehen, als du vorbeigegangen und kurz stehen geblieben bist und zum Haus rübergesehen hast ... Da wär's fast nicht mehr gegangen ...«

»Warum?«, fragte der Doktor tonlos und blickte weg.

»Ich weiß nicht ... Sie hat gesagt:

›Ihr Onkel! ...‹

Ich glaube, sie hat Angst vor dir ... Wir waren fast so weit, und plötzlich wollte sie nicht mehr ... Wir haben beide beobachtet, wie du weggingst, und dann musste ich von vorn anfangen ... Endlich! ...«

Es war die Rede von Frans' Tochter, und es war der Doktor selbst gewesen, der sie diesem Dummkopf Alfred regelrecht in die Arme getrieben hatte.

Warum, um Himmels willen? Er hatte Lust, mit dem Kopf gegen die Wand zu schlagen, denn ihm platzte fast der Schädel, nur von dieser dummen Frage.

›Warum?‹

Dumm war es auf jeden Fall gewesen. Selber hatte er Élisabeth nie angesprochen. Kein einziges Mal. Er hatte keine Gelegenheit gehabt.

Schon im vorigen Jahr war sie ganz verändert gewesen. Sie hatte immer noch ihr rotes Kleid angehabt, sie trug es sogar dieses Jahr noch, man hätte fast glauben können, dass das Kleid mitwachse. Sie war immer noch so mager, mit dem einen Unterschied, dass sich ihr Busen entwickelte und sich nun durch den Stoff abzeichnete.

Neu an ihr war, auch im vorhergehenden Jahr schon, dass sie so selbstbewusst als Frau auftrat. Der Doktor hatte gehört, wie die Frau des Bürgermeisters murmelte, als das Mädchen in Rot mit ihrem Schwesterchen an der Hand über den Platz ging:

»Fast wie eine junge Mutter …«

Das Mädchen war sauber, sehr gepflegt. Und auch das Haus. Man sah das schon von weitem. Der Junge aber ging jeden Morgen an Bord der ›Cormoran‹, einen Geigenkasten unter dem Arm, denn ein Musiker, der in Hyères ansässig geworden war, ein berühmter Mann, wie es hieß, hatte sich in den Kopf gesetzt, ihm das Geigenspielen beizubringen.

Was konnte das dem Doktor ausmachen? Überhaupt

nichts. Inzwischen war er auf der Insel anerkannt. Er wurde nicht mehr als völlig Fremder angesehen. Mehrere Male, wenn sein Kollege krank oder unterwegs war, war er um eine Krankenvisite gebeten worden.

Man rief ihn auch, wenn es um eine Lokalrunde oder um eine Partie Boule ging.

Vormittags schloss sich seine Frau immer noch der Prozession an, die beladen mit Badeanzügen, Bademänteln, Bällen und belegten Broten für die Kinder langsam zum Strand strebte. Mittags kam sie zurück, genauso gemächlich. Nach dem Mittagessen zog sie dann wieder hinaus. Der Doktor begleitete sie inzwischen nur noch selten oder begnügte sich damit, bloß zum Baden mitzukommen.

Er angelte mit Gène, mit Polyte, mit den andern. Er ging einen mit ihnen trinken, in einem kleinen Café, wo kaum Fremde hinkamen. So erfuhr er alles, was auf der Insel vorging.

»Die Nonnen kümmern sich um sie …«

Denn Élisabeth brachte jeden Morgen die Jüngste zu den Nonnen. Dann machte sie ihre Besorgungen, kerzengerade in ihrem roten Kleid. Anschließend ging sie wieder hinauf nach Hause, wo sie sich um den Haushalt kümmerte. Die blauen Hosen ihres Vaters waren sauber gewaschen und gebügelt. Ihr Bruder war so gut gekleidet wie jeder andere Junge auf der Insel.

»Es heißt, dass er für die Geige besonders begabt ist, er wird noch ein Virtuose …«

An manchen Abenden, wenn Frans nicht heimwollte, kam Élisabeth bis in den Hafen herunter und ging ruhig auf ihren Vater zu. Die Männer stießen einander an.

»Jetzt gibt's gleich was!«

Und es gab was. Sie sahen Frans Geld aus einer seiner Taschen ziehen und schüchtern dem Mädchen hinstrecken. Sie ließ sich nicht betrügen. Sie forderte mehr. Ohne großes Gefuchtel, ohne Geschrei. Dann fuhr Frans verschämt mit der Hand in eine andere Tasche, wo er ein paar Münzen zurückbehalten hatte.

So blieb ihm nie genug Geld für eine Sauftour in Toulon.

»Wenn das seine verstorbene Frau probiert hätte, hätte er ihr eine reingehauen! ... Einmal, ich weiß nicht, was sie zu ihm gesagt hat, aber es ging sicher um Geld, hat er sie gepackt und an den Haaren gezogen ... Bei seiner Tochter tut er keinen Mucks ...«

Er versuchte bloß zu schummeln. Irgendwie schaffte er es auch. Es wurde behauptet, er verstecke Geld in den Löchern zwischen den Steinen des Hafens und könne sich damit von Zeit zu Zeit eine Sauftour leisten.

Zerknirscht kam er dann wieder zurück. Zwei Tage lang traute er sich nicht mehr heim und schlief auf dem erstbesten Boot oder auf einer Bank auf dem Platz, wie der alte Mouchi. Élisabeth ging ihn dann in aller Ruhe suchen.

Was ging das den Doktor überhaupt an? War er etwa verliebt? Nie im Leben! Er hatte sich doch nicht etwa in dieses blutjunge Mädchen verliebt, dem er höchstens ein Stärkungsmittel hätte verschreiben können.

Also, warum hatte er, als er das dritte Mal mit dem langen Schlaks auf die Insel gekommen war, dem auf der Oberlippe ein Hühnerflaum wuchs, diesen Alfred wie zufällig an dem alten Pionierdepot vorbeigeführt?

Alfred malte Aquarelle. Auf dem Rücken trug er einen

hübschen Kasten aus gewachstem Nussbaum mit seinen Farbtuben, Kartons und Pinseln, und außerdem schleppte er eine Staffelei und einen Feldstuhl.

Zunächst hatte er den Hafen malen wollen und sich dazu genau dort niedergelassen, wo alle Amateurmaler immer saßen, mit dem ganzen Gewimmel um sich herum.

»Dort oben hast du mehr Ruhe …«

Dabei hatte er keinen bösen Gedanken gehabt, der Doktor. Dieses Eckchen mit den Kakteen und den Berberfeigen hatte es ihm schon immer angetan. Pech bloß, dass bei Frans nie jemand krank wurde, wenn der Inselarzt gerade nicht verfügbar war!

Alfred war mit ihm hinaufgeklettert.

»Sieh nur! Diese Bauten da, vor dem Hintergrund der Pinien …«

»Schwer zu malen.«

»Umso mehr solltest du's versuchen … Probier's doch mal …«

Er hatte sich neben ihn hingesetzt und die stets offene Tür fixiert, hinter der man bisweilen im Halbschatten ein rotes Kleid vorbeigehen sah. Er traute sich nicht, die ganze Zeit dazubleiben. Er ging fort, machte einen Rundgang, kam zurück.

»Hast du eine Freundin?«

Es war ihm schon ein bisschen peinlich gewesen, das zu fragen, aber er sah noch nicht, wohin es führen würde.

Der Neffe gestand errötend, stolz, als Mann ernst genommen zu werden:

»Ich habe eine, in Poitiers … Aber Tante darf bloß nichts davon erfahren …«

»Klar … Und hast du? …«

Noch deutlicher wollte er nicht werden. Alfred hatte auch so verstanden, errötete noch mehr und stammelte:

»Klar …«

Am nächsten Morgen wusch Élisabeth draußen, dicht am Haus.

»Sie ist hübsch, was?«

Nein. Alfred fand sie nicht hübsch. Für ihn war sie noch zu sehr ein kleines Mädchen, aber er traute sich nicht, seinem Onkel zu widersprechen.

»Das ist die Tochter von Frans, dem ehemaligen Legionär …«

»Ach so!«

»Ich frage mich …«

»Was?«

»Ob sie wohl schon einen Liebhaber hat …«

Es war idiotisch, vollkommen idiotisch. Da hockte er dick und fett in der Sonne, die ihm die Haut verbrannte, neben einem andern Dummkopf, der mit trüben und schmutzigen Farben Aquarelle kleckste; da hockte er und geilte sich insgeheim an einem roten Kleid mit einem schmächtigen Körper darin auf oder versuchte vielmehr, seinen Neffen aufzugeilen.

Denn auf das lief es letztlich hinaus. Heimlich. Er erinnerte sich nicht, je in seinem Leben etwas heimlich gemacht zu haben, aber hier tat er es, und mit Wollust.

»Sie schaut die ganze Zeit zu dir herüber …«

Er ging weg. Besser so. Er trieb sich am Hafen herum, ging zu Maurice und trank an der Theke ein Glas Rosé. Abends erkundigte er sich:

»Hast du sie angesprochen?«

»Keine Gelegenheit ...«

Und am nächsten Tag, mit Unschuldsmiene:

»Gehst du wieder hinauf?«

»Ich glaube schon ...«

So sah die nackte Wahrheit aus. Er war fünfunddreißig, Familienvater und hatte sich einen Spaß daraus gemacht, seinen Schlaks von Neffen auf ein junges Mädchen heißzumachen, das er selber nie angesprochen hatte.

Einen Spaß? Nicht einmal das! Noch nie hatte er so üble Laune gehabt. Zum Glück gab es ja das Gewitter, das nie losbrach und als Ausrede herhalten konnte. Seine Frau hatte keine Ahnung, dass er immer häufiger bei Maurice einkehrte, wo er an der Theke bereits einen Stammplatz zum Anlehnen hatte.

»Einen kleinen Weißen, Jojo ...«

Die Bedienung, achtzehn Jahre alt, war gewiss ebenso attraktiv wie die Tochter von Frans, aber das sah er nicht. Außerdem war er nicht scharf auf Élisabeth.

Was war es dann also?

»Weißt du, Onkel, ich habe sie angesprochen ...«

»Ich habe dir schon mal gesagt, dass du mich nicht mehr Onkel nennen sollst. Das klingt lächerlich. Sag François ...«

»Ich trau mich nicht ...«

»Was hat sie zu dir gesagt?«

»Ich habe gesagt, sie soll sich mal anschauen, was ich gemalt habe, und da ist sie gekommen ...«

»Fand sie's gut?«

»Sie hat zu mir gesagt, auf der Insel gäbe es Schöneres zu malen ... Und dann habe ich gesagt ...«

Dieser Idiot! Dieser hundertfache, tausendfache Idiot! Natürlich hatte er darauf gesagt, er habe noch nie etwas Hübscheres gesehen als sie! Und die kleine Pute hatte sich stolz aufgebläht, verdammt!

»Und wegen dem, was du mir erzählt hast … Du weißt schon, was ich meine …«

Nein, er wusste es nicht mehr. Was hatte er erzählt?

»Ob sie … Ob sie wohl Liebhaber hat … Nein! Ich glaube nicht …«

»Wegen ihrer schönen blauen Augen, nicht wahr?«

»Aber nein, Onkel … Wenn ich's dir sage … Ich bin mir da ganz sicher …«

Wenn er daran dachte, dass er das seiner Frau oder seiner Schwägerin erzählen könnte – die ihm ihren Sohn aus Angst vor Frauen anvertraut hatte! –, oder einem gestandenen Mann, etwa seinem Freund Péchade …

Oder seiner Mutter, die ihn letztes Jahr, als er aus dem Urlaub zurückkam, mit einem wohlbekannten Blick bedacht hatte, der ihm in seiner Jugend jedes Mal die Schamesröte ins Gesicht getrieben hatte! Man hätte meinen können, sie hätte etwas erraten, wo es doch gar nichts zu erraten gab.

Denn da war nichts gewesen! Nichts als ein paar Worte, ins Leere gesprochen, an einem schwülen Nachmittag, als er sich grundlos über den Neffen ärgerte, der sich damit beschäftigte, mit seinen Pinseln Papier vollzuklecksen.

Doch nun …

Es hörte bereits auf zu regnen. Die jungen Leute hatten das Grammophon in Gang gesetzt, und man sah sie im schmalen Speisesaal des ›Arche‹ tanzen. Man hörte sie rhythmisch stampfen, und große Tropfen fielen von den Eukalyptusbäumen herab. Es war zu früh Licht gemacht worden. Jetzt, wo der Himmel wie gewaschen war, begann erst die Dämmerung, eine unruhige, von starken Gerüchen geschwängerte Dämmerung.

Und der Dummkopf war gleich hinaufgelaufen und hatte sich die Hände gewaschen! Schon das hatte gereicht, um dem Doktor zu zeigen, was Sache war. Wie rücksichtsvoll!

»Weißt du, dass ich der Erste war?«

Er rief Jojo zurück, die vorbeiging, und bestellte noch ein Glas Schnaps.

»Ich weiß selber nicht, wie das passiert ist… Sie war ganz allein… Ich bin hineingegangen, um sie um ein Glas Wasser zu bitten… Gestern schon hatte ich versucht, sie zu küssen… Sie hat es sich gefallen lassen, aber dann ist sie weggerannt… Es ist sehr sauber bei denen… Merkwürdig… Wie in jedem normalen Haushalt… Bist du wütend?«

»Warum sollte ich wütend sein?«

»Bloß so… Vorhin, als ich zurückkam, hatte ich das Gefühl…«

»Red weiter, Dummkopf!…«

»Ich hab sie noch mal geküsst und sie so festgehalten, dass sie nicht weglaufen konnte. Ich habe gesehen, dass sie über meine Schultern auf die Tür gestarrt hat. Sie hat die Augen nicht zugemacht. Sie hat sich nicht bewegt, blieb völlig ungerührt… Das hat mich nervös gemacht…«

»Ja…«

»Und dann hat sie zu mir gesagt, nachdem sie ein bisschen gestrampelt hatte, um die Lippen freizubekommen:

›Der Doktor! …‹

Du hast draußen gestanden, meine Staffelei und meine Malschachtel angesehen …

Mir war klar, dass du Bescheid weißt … Aber sie, sie zitterte vor Angst … Sie schien zu glauben, dass du reinkommen und wütend werden würdest …

›Weiß er, dass Sie hier sind? …‹

›Aber, nein …‹

›Gehen Sie …‹

Ich habe schon geglaubt, ich müsse fortgehen, weil sie mich nicht mehr wollte … Dann habe ich sie fangen können … Sie ist gefallen … Nur deswegen hat es geklappt …«

Der Blick des Doktors war so bleiern wie der Himmel.

»Na ja! So war's!«, schloss Alfred.

Der Doktor schluckte und fragte bemüht gleichgültig:

»Zufrieden?«

Der Neffe darauf, ohne Überzeugung:

»Ja, Onkel …«

»Hast du wenigstens aufgepasst?«

»Aber ja, Onkel …«

»Willst du morgen wieder hin?«

»Ich weiß nicht.«

»Wieso, du weißt es nicht?«

»Ich hab ein bisschen Angst … Beim Heimkommen bin ich ihrem Vater begegnet, als er gerade den Berg hochstieg … Ein paar Minuten früher, und er hätte uns überrascht …«

Schweigen. Die Eukalyptusbäume tropften immer noch, der Eiswürfel schmolz in seinem Tresterschnaps mit Wasser, die Paare tanzten aneinandergeschmiegt, während eine frische Brise über die Terrasse strich.

»Und sonst? …«

»Was sonst?«

»Ich weiß nicht, ob es ihr Spaß gemacht hat … Hinterher hatte ich das Gefühl, dass sie mich verabscheut … Sie hat sich weggedreht, als ich sie küssen wollte …

›Gehen Sie schnell‹, hat sie gesagt.

Sonst nichts … Ich habe mich noch mal umgedreht, ich habe immer noch gehofft, dass sie mir nachwinkt …«

»Jojo!«

Der Junge sah erstaunt seinen sonst immer nüchternen Onkel an, der sich den dritten Tresterschnaps mit Wasser bestellte.

»Ich glaube, ich geh jetzt schlafen …«

»Genau, geh hinauf!«

»Bist du auch bestimmt nicht wütend? …«

»Aber nein. Aber nein …«

»Gute Nacht, Onkel …«

Der große Schlaks streckte ihm mitten auf der Terrasse die Stirn zum Gutenachtkuss hin, wie ein kleiner Junge.

»Wenn Tante mich fragt …«

»Sag ihr, ich komme bald …«

Er ging nicht zurück. Der Alkohol überflutete ihn, und seine Gedanken wurden träger, quälender. Von Zeit zu Zeit wiederholte er halblaut:

»Dummkopf!«

Er hatte große Lust, sich zu betrinken. Doch traute er sich nicht, ein viertes Glas zu bestellen, und er erhob sich schwerfällig, zahlte und ging dann in ein anderes Café am Platz, wo er seinen Durst an der Theke stillen konnte.

Alle Frösche der Schöpfung fingen an zu quaken. Er

ging hinunter zum Hafen, wo das Meer die Fischerboote und Jachten wiegte und bisweilen aneinanderstieß. Élisabeth war gefallen. Alfred hatte gesagt, sie sei gefallen. Auf den Boden. Auf dem Boden hatte sich das abgespielt. Sie hatte ihn nicht geküsst. Sie hatte ihm nicht auf Wiedersehen gesagt.

Er marschierte zurück durch den nassen Staub. Laut sagte er, denn jetzt war er allein in der Nacht:

»Dreckskerl!«

Er meinte sich. Der Bau der Pioniere lag vor ihm, zweihundert Meter weiter. Zu sehen war er nicht. Und da es keinerlei Licht gab, nahm man nur einen dunkleren Schatten wahr. Ob sie schlief?

Warum, ja, warum hatte er … Ach! Jetzt, wo er getrunken hatte, begriff er. Es war sehr kompliziert, aber er begriff. Er hatte wohl gehofft, sie würde es sich nicht gefallen lassen …

Nein! Das stimmte nicht. Im Gegenteil, er war ganz sicher gewesen … Und wenn sie es sich im Übrigen nicht hätte gefallen lassen, was hätte das denn genützt?

Was er gehofft, was er gewollt hatte, war gewesen, sie zu beschmutzen, sie zu zerbrechen …

Damit er ein für alle Mal davon loskam, denn so ging es nicht mehr weiter.

Er war nicht einmal verliebt. Wäre er verliebt gewesen, wäre alles gewiss viel einfacher.

Es war eine Heimsuchung, genau das war es. Und das hatte bereits am ersten Tag angefangen, ganz sachte, heimtückisch wie eine von diesen unheilbaren Krankheiten, die erst diagnostiziert werden, wenn jede Hilfe zu spät kommt.

Das war keine Frau, nichts Üppiges. Nur zwei magere Beinchen, die aus einem roten Fetzen ragten, ein zusammengekauertes Häufchen Elend neben einer Toten in einem Dreckloch, zwei blaue Augen, klar und ohne Tränen, ein starres und gleichgültiges Holzpüppchen, das ein kleines Mädchen an der Hand zu den Nonnen führte und sich im Hafen ungerührt an den Vater heranmachte, um ihm das Geld abzunehmen, das er in seinen Taschen verbarg.

Das war sie und noch vieles andere mehr, sie war die Negation seines Lebens, das Nein zu allem, was er bisher gewesen war, zu dem grauen Haus mit seinem Dach und der Tür wie aus dem Baukasten, mit den von seinem manischen Vorgänger gestutzten Obstbäumen, dem schwarzen Gitterzaun, zu einem dicken Mann von fünfunddreißig Jahren – denn so alt war er jetzt –, der zum Zeitvertreib mit einem Motorrad die Wege entlangknatterte, angelte, Rebhühner oder Hasen jagte, das Nein zu Saint-Hilaire und den beiden Frauen, die von morgens bis abends für ihn nähten und ihm sagten, wann er die Unterwäsche wechseln musste.

Das war … Er hatte das Bedürfnis, noch weiterzutrinken. Er hatte entweder zu viel oder zu wenig getrunken. Seit Jahren war er nicht mehr betrunken gewesen – das letzte Mal, als ihm das passiert war, hatte er noch studiert, und ihm war hinterher kotzübel gewesen …

Er ging in ein Café, in dem niemand mehr war und wo ihn die Wirtin verblüfft ansah.

»Was nehmen Sie, Doktor?«

Sei's drum! Sollte sie denken, was sie wollte.

»Einen Trester mit Wasser …«

Er spürte in sich ein Schaukeln, das er wiedererkannte. Er war schon betrunken. Dazu also war er zweimal nach Porquerolles zurückgekommen, damit ihm so was passierte!

Und Alfred schlief! Er hatte sich sorgfältig die Hände gewaschen, und unten rum sicher auch. Am nächsten Tag, und der Doktor war sich da ganz sicher, würde er die Gegend des Pionierdepots meiden. Er hatte Angst.

»Dasselbe noch mal, Madame Cabrini…«

Im ›Arche‹ wurde immer noch getanzt. Lampenfischer gingen mit einer riesigen Azetylenlampe vorbei.

»Gute Nacht, Doktor…«

Er antwortete fast heiter:

»Gute Nacht!«

Wie verrückt das alles war! Er musste herumtasten, um den Knauf der Haustür zu finden. Im Treppenhaus polterte er. Hinter den Türen lagen alle in tiefem Schlaf.

»Bist du's?«

Er hatte Lust, mit »Nein!« zu antworten.

Denn so, wie er sich jetzt fühlte…

5

Ein Brief von Péchade

Glocken. Viele Glocken, die in einen Himmel fielen wie in ein Meer und hallende Wellenkreise schlugen. Die Kreise liefen auseinander, stießen aneinander, überlappten sich, und dann begannen die Glocken anmutig wie Delphine mit ihren Kapriolen wieder von vorne.

Er runzelte die Stirn und sagte sich:

›Da muss eine Feier sein …‹

Eine Beerdigung? Eine Hochzeit? Er konnte sich einfach nicht erinnern, aber musste unbedingt dahin. Er lief schnell. Seine Mutter kam hinterher und trieb ihn an.

»Beeil dich, François«, mahnte sie, offenbar ohne zu merken, dass er splitternackt war.

Und fügte noch einen seltsamen Satz hinzu:

»Du wirst noch alle Hochzeiten verpassen!«

Welche Hochzeiten hatte sie da gemeint? Seine eigenen oder solche, zu denen er eingeladen war?

Er war bestürzt. Seine Hand, die über seine Brust strich, entdeckte, dass er tatsächlich nackt war. Die Sonne stach ihm durch die Lider. Er lag im Bett. Er erkannte, wo er war, das Eisenbett, das ans Fenster gezogen worden war, damit die Kinderbetten näher beim Bett der Mutter standen. Das Fenster war offen. Luft und Sonne drangen durch die schrägen Spalten der Jalousien herein, überliefen ihn und das Bett. Auch Schweiß lief an ihm hinunter.

Er runzelte die Stirn, weil er wusste, dass irgendetwas Unangenehmes bevorstand. Eine erste Entdeckung immerhin: Das mit den Glocken hatte nichts zu bedeuten, es war bloß Sonntag. Er hatte vergessen, dass Sonntag war.

Aber warum wurde in Mariettes fensterlosem Raum geflüstert? Er spitzte die Ohren, ohne die Augen aufzuschlagen, und erkannte die Stimme Hélènes.

»Beeil dich, Jeanne, sonst kommen wir deinetwegen noch zu spät zur Messe… Mariette, hilf ihr die Schuhe zuzubinden… Es ist jeden Tag dasselbe mit ihr, sie ist einfach zu träge…«

Und das alles in gedämpftem Ton wie in einer Sakristei.

»Michel! Mach nicht so viel Krach, du weckst sonst deinen Vater auf…«

Um ihn nicht zu wecken, hatte man alle Sachen mit in Mariettes Kammer genommen und wusch auch die Kinder dort. Sie würden auf Zehenspitzen durchs Zimmer schleichen müssen. Es lohnte sich nicht, die Augen aufzuschlagen, im Gegenteil.

Es passierte ihm sonst nie, ganz nackt zu schlafen. Er spürte sein fettes und weiches Fleisch unter der Hand und war davon ein bisschen schockiert. Dennoch war es sehr angenehm. Im Hereinkommen hatte er es noch geschafft, sich auszuziehen, aber seinen Schlafanzug nicht gefunden oder ihn vielleicht auch nicht mehr anziehen können. Hatte er Licht gemacht? Hoffentlich nicht. Er wusste es nicht mehr. Hoffentlich war er nicht bei voller Beleuchtung splitternackt herumgetappt, zwischen den querstehenden Betten hindurch, wo zum Beispiel seine Tochter Jeanne hätte aufwachen können!

»Dein Messbuch, Jeanne … Deine Handschuhe …«

Die Tür öffnete sich einen Spaltbreit. Hélène schob die Kinder vor sich her. Sie hatten ihre neuen Schuhe angezogen, deren Sohlen noch knarrten, und sie rochen nach Lavendelseife. Ob sie ihn beim Vorbeischleichen ansahen?

»Macht schon …«

Mariette kam hinterher. Er erkannte sie an ihrem Duft. Denn sie hatte einen leichten Eigengeruch, ganz anders als seine Frau.

Was hatte er übers Heiraten geträumt? Das war nur ein paar Augenblicke zuvor, und doch war er außerstande, sich daran zu erinnern. Dagegen ging ihm eine Wahrheit auf, so leuchtend wie das Fenster, unter dem er lag, eine Wahrheit, die er nicht gesucht hatte, die er nie geahnt hatte. Und das in der Zeitspanne, die Hélène brauchte, um auf Zehenspitzen durchs Zimmer zu gehen.

Nicht für ihn hatte seine Mutter sie ausgesucht – natürlich Hélène –, *sondern für sich selbst.* Er war nicht einmal empört darüber. Die Tür klappte zu. Im Treppenhaus sprachen sie schon ein bisschen lauter. Dann, unten auf der Straße, redeten sie wieder normal. Seine Frau sagte:

»Nehmen Sie Michel an der Hand, Mariette … Er geht absichtlich durch den Staub, um sich die Schuhe schmutzig zu machen …«

Aber klar! Seine Mutter hatte sie für ihre eigene Bequemlichkeit ausgesucht, und wenn er jetzt so zurückdachte, wurde ihm klar, welche Hürden sie hatte überwinden müssen. Es grenzte an ein Wunder, dass sie Hélène gefunden hatte.

Eine andere Frau hätte Autorität im Haus beansprucht, sich um dieses und jenes gekümmert. Eine andere Frau hätte sich jedenfalls um ihren Mann gekümmert.

Nicht so Hélène. Sie war in das graue Haus mit dem durch ein schwarzes Gitter umzäunten Garten eingetreten wie ins Kloster. Genau so. Und hatte die Regeln eingehalten, ohne zu versuchen, auch nur eine davon zu ändern.

So dass für seine Mutter das Leben weiterging, mit dem Vorteil, dass sie keine Angst mehr zu haben brauchte. In der Zeit vor Hélène hatte sie ständig gezittert, ihr Sohn könnte Dummheiten machen, sich eine üble Krankheit einfangen, obwohl er Mediziner war, oder, noch schlimmer, dem falschen Mädchen ein Kind machen und es dann heiraten oder den Eltern viel Geld zahlen müssen.

Hélène half seiner Mutter, ihn zu versorgen, nicht weil sie ihn liebte, sondern weil er der Mann im Hause war, weil es sich gehört, den Mann zu umsorgen, der den Lebensunterhalt für die Familie verdient.

Sie war sanft. Und wie! An Sanftheit war sie von niemandem zu übertreffen. Schon allein die Art, wie sie die Kinder durchs Zimmer geschleust hatte, um sie zur Messe zu führen …

Und gerade eben hatte sie sich nicht getraut, etwas zu ihm zu sagen. Sie würde höchstens – er kannte sie doch, er hatte sie noch nie so gut gekannt wie an diesem Morgen – mit einem schüchternen Lächeln um die Mundwinkel murmeln:

»Hast du nicht arge Kopfschmerzen?«

Er durfte sich nicht bewegen. Nur dann ging es ihm gut. Er fing an, Tropfen um Tropfen den ganzen Schnaps auszuschwitzen, den er sich eingeflößt hatte, und es war alles andere als unangenehm, es war fast ein Genuss. Er empfand nicht mal Ärger bei dem Gedanken, dass er die beiden, seine Mutter und seine Frau, jetzt so durchschaute.

Sie hatten ihn eingesperrt und dabei so harmlos getan, als ob es nichts wäre, wenn sie ihm jede Aufmerksamkeit erwiesen, und er, der große Naivling, hatte nichts gemerkt!

Das war auch der Grund, warum sie Porquerolles hassten. Um keinen Preis hätte seine Mutter das Haus in Saint-Hilaire während der Ferien verlassen. Ganz zu schweigen davon, dass es jetzt die Zeit für die Bohnen und das Einwecken war. Wenn sie zu den Le Guens in die Ferien fuhren, war sie beruhigt. Da hatte sie sie immer noch an der Leine.

Sie spürte jedoch, dass Hélène auf Porquerolles der Aufgabe, ihn zu bewachen, nicht gewachsen war. Sie hatte alle Register gezogen, um ihn daran zu hindern, ein drittes Mal herzufahren. Und Alfred hatte man ihm nur ans Bein gebunden, um ihn zu beschäftigen, als indirekte Überwachung.

Noch stellte sich nicht die Frage, ob er sich das länger gefallen lassen würde. Es war bemerkenswert genug, dass er das herausgekriegt hatte und in aller Ruhe darüber nachdenken konnte!

Au! … Er hatte sich bewegt, und sein Kopf hatte sich angefühlt, als sei darin etwas Flüssiges plötzlich von einer Seite zur anderen geschwappt … Er hörte unten Leute frühstücken … Vor allem ältere Leute … Die Pension

›Saint-Charles‹ war spezialisiert auf ältere Ehepaare und alleinstehende alte Männer ...

Der Briefträger ... Das war der Schritt des Briefträgers, der auf die Schwelle trat und verkündete:

»Post!«

Éva antwortete von drinnen:

»Ich komme schon ...«

Ob wohl ein Brief für ihn dabei war? Vielleicht. Vielleicht würde Éva ihn heraufbringen.

Und augenblicklich kamen ihm schlüpfrige Gedanken.

Keine gewöhnlichen Männerphantasien. Schmutziger, wie manche Gedankenspiele, mit denen er sich vergnügt hatte, wenn er als Assistenzarzt in der Klinik nicht einschlafen konnte. Zum Beispiel versuchte er, sich Mémé vorzustellen, wie sie mit gespreizten Beinen und fast violetter Haut am Strand lag, wenn die Männer aus der Gegend sie für fünfzig Franc ›bumsten‹.

Er schnupperte den Geruch seiner eigenen Haut. Es war ihm ganz recht, dass er unter dem Leintuch nackt dalag. Er horchte. Jemand kam herauf. Éva. Sie klopfte an die Tür nebenan.

»Ein Brief für Sie, Mademoiselle Dorchon ...«

Dann kam sie an seine Tür und klopfte.

»Herein ...«

Er schlug endlich die Augen auf und sah das Zimmer im hellen Sonnenschein, mit dem Weiß der ungemachten Betten, dem strahlenden Weiß der Wände und Decken, dem weißen Schimmer der Glühbirne, die an einer Schnur von der Decke hing. Éva trug über ihrem schwarzen Kleid eine weiße Schürze. Sie schien überrascht, ihn ganz allein im Bett vorzufinden.

Erschrocken nicht. Sie war erst neunzehn, aber ein Mann konnte sie nicht mehr erschrecken. Jedenfalls war sie auf allerhand gefasst.

»Gib her…«

Sie musste ganz nahe ans Bett treten, und er hatte bereits seine Vorkehrungen getroffen. Absichtlich ließ er einen Arm aus dem Bett baumeln. So dass er in dem Moment, als sie neben ihm stand, mit der Hand an ihrem nackten Bein hoch unter ihren Rock fahren konnte.

Er begehrte Éva nicht. Sie war dick. Sie hatte eine grobe Haut und war muskulös wie ein Mann. Mit der andern Hand hatte er die Hand des Mädchens gefasst und sie mit sanfter Gewalt unter das Leintuch geführt.

Darauf wusste sie nur zu sagen:

»Das ist doch nicht Ihr Ernst…«

Wie sie da neben ihm stand, war für beide lächerlich und unbequem. Das passte nicht zusammen und konnte zu nichts führen. Er war enttäuscht. Sie wehrte ab:

»Vorsicht, ich habe die Tür offen gelassen, und im Flur könnte jemand vorbeigehen…«

»Geh!…«

Er wartete, bis sie draußen war, bevor er sich im Bett aufsetzte und den Brief aufhob, den sie hatte fallen lassen. Der Kopf tat ihm wieder weh. Trotzdem war er zufrieden – fast erleichtert sogar – mit dem, was er getan hatte. Es war eine Art Rache. An wem? Er wusste es nicht, so weit konnte er nicht denken.

Nanu! Der Brief war von seinem Freund Péchade, der

keine Praxisvertretung gefunden hatte und deswegen nicht in Urlaub fahren konnte. Er hatte seine Frau und die Jungen nach Les Sables-d'Olonne am Atlantik geschickt, wo er sie an den Wochenenden besuchte.

Mein lieber François…

Péchade hatte nicht die Schrift eines Mediziners, sondern schrieb in der ordentlichen Schönschrift eines Feldwebels oder Schalterbeamten bei der Post. Er war ein guter Kerl. Er war immer krank. Mal die Brust, mal die Leber, dann wieder ein anderes Organ. Auch in der Familie war immer jemand krank. Er hatte sich inzwischen so daran gewöhnt, dass er nicht mehr darüber klagte, sondern es selbstverständlich fand. Vor kurzem war beim Röntgen herausgekommen, dass die linke Lungenspitze seines Ältesten einen Schatten hatte. Er hatte ihn nach Nantes gefahren, um weitere Untersuchungen machen zu lassen. Im Winter wollte er ihn in ein Alpensanatorium schicken.

Die ›Cormoran‹ lief mit ihren Sonntagspassagieren im Hafen ein, an Deck eine so dicht gedrängte Menschenmenge, dass man bei jedem Schaukeln des Schiffes fürchten musste, die ganze erste Reihe könnte ins Meer stürzen. Der Strand würde von Menschen wimmeln. Seinen Stammplatz würde keiner mehr bekommen. An solchen Tagen ruckte Hélène mit dem Kopf wie ein ängstlicher Vogel oder eine Glucke, weil die aus Toulon gekommenen Pärchen vor den Kindern nicht genug Zurückhaltung übten.

Mein lieber François,
Ich habe lange gezögert, Deine Ferien zu stören, halte es aber nunmehr für meine P /icht, Dich in Kenntnis zu setzen…

Das war typisch Péchade! Redlich und gewissenhaft! Woran haperte es denn diesmal?

Neulich, als ich bei Dir vorbeifuhr, um die Aalreusen zu holen, die Du mir leihen wolltest, hat mich Deine Mutter gebeten, einen Moment dazubleiben, und ich habe gleich gesehen, dass sie etwas quält.
›Vor allem‹, hat sie mich gebeten, ›sagen Sie's nicht gleich meinem Sohn, der sich sonst Sorgen machen würde…‹
Sie hat mir gestanden, dass sie schon lange rechtsseitig starke Schmerzen hat.
›Wie lange schon?‹, habe ich sie gefragt.
›Ach! Schon jahrelang, vielleicht seit fünf Jahren, habe ich einen Knoten in der Brust… Ich hätte François ja fragen können… Aber Sie kennen ihn doch… Er nimmt alles so tragisch…

So ein Blödsinn! Wo er doch die Gelassenheit selbst war!

Am Ende hat sie mir nach langem Hin und Her gestanden, dass es ein kleiner Knoten in der rechten Brust ist… Sie hat erst geglaubt, es sei ein Mückenstich, an dem sie im Schlaf gekratzt und der sich entzündet hat. Dann, als es größer wurde, statt zu verschwinden, hat sie es für einen Hautausschlag gehalten…

›Deswegen esse ich schon lange keinen Fisch mehr…‹, hat sie zu mir gesagt.
Es hat eine Weile gedauert, bis sie sich überwinden konnte, mir ihre Brust zu zeigen… Du kennst sie ja besser als ich… Sie hat mir gestanden, vor Dir hätte sie sich nie freigemacht…
Und jetzt, mein armer François, komme ich zum heiklen Punkt… Die Verantwortung für eine positive Diagnose will ich nicht übernehmen… Du hast sicher bereits erraten, wer mir sofort einΣel… Meiner Meinung nach müsste sie so schnell wie möglich zu unserem Professor Charbonneau gebracht werden…
Ich bin sicher, sie hat weitaus größere Schmerzen, als sie zugibt. Aus der Art, wie sie mit mir geredet hat, schließe ich, dass auch sie schon an Krebs gedacht hat… Sie quält sich… Am liebsten würde sie sich selber kurieren, ohne jemanden zu behelligen…
Jetzt musst Du entscheiden, was Du tun willst… Ich hoffe, Du nimmst es mir nicht übel, dass ich Dir so freimütig geschrieben habe. Schon seit längerer Zeit war mir aufgefallen, dass Deine Mutter abmagerte, aber ich habe das aufs Alter geschoben… Man merkt es auch nicht so bei der Kleidung, die sie trägt… Ich war erschrocken, als ich ihre ausgezehrte Brust sah und einen Knoten von der Größe eines Fünffrancstücks entdeckte…

Ein großer Tropfen fiel auf den Brief und ließ ein wenig Tinte zerfließen. Schweiß war es nicht. Der Doktor sah die Zeilen nicht mehr, die vor ihm in der Sonne verschwammen.

Beim Herauskommen aus der Kirche zuckte seine Frau zusammen, als sie ihn auf dem Platz stehen sah. Das kam umso unerwarteter, als er Straßenanzug, gestärkten Hemdkragen, Krawatte und einen dunklen Filzhut trug.

Nur mit halbem Auge nahm er in der Sonne ein rotes Kleid und blonde Haare wahr, Élisabeth, die mit einer Gruppe von Pfadfinderinnen ebenfalls aus der Messe kam und ihr Schwesterchen an der Hand hatte.

»Was ist los, François?«

»Ich habe Nachrichten über meine Mutter erhalten. Péchade hat mir geschrieben. Sie hat ihn konsultiert, und er fürchtet, dass es etwas Ernstes ist. Ich fahre sofort ab ...«

»Zurück nach Saint-Hilaire?«

»Ich fahre in einer halben Stunde mit der ›Cormoran‹. Ich habe bereits mit der Anlegestelle in La Tour Fondue telefoniert, damit sie den Wagen bereitmachen. Ich hole euch später ab, oder aber ihr kommt nach Ferienende mit dem Zug zurück.«

»Wir fahren mit dir ...«

Er hatte es geahnt. Wie schrecklich. Der Gedanke, die ganze Familie mitzunehmen und sie alle mitsamt dem Gepäck in das Auto stopfen zu müssen, machte ihn schon jetzt ganz krank.

»Du hast keine Zeit zum Packen ... Ganz zu schweigen davon, dass die Kinder die Ferien brauchen ...«

»Aber nein ... Du weißt doch genau, dass sie lieber zu Hause sind ... Beeil dich, Mariette ... Lass die Kinder frühstücken ... Wir fahren zurück ...«

»Heute?«

»Sofort … Bezahl du die Rechnung, François … Ich gehe schon hoch …«

»Du hast doch noch nicht gegessen …«

»Das ist doch unwichtig. Ausnahmsweise!«

»Und Alfred?«

»Wir können ihn mitnehmen … Wenn wir ein bisschen zusammenrücken …«

»Nein.«

Dann dachte er nach und sagte:

»Wie du willst …«

»Es sei denn, er will bleiben …«

»Er kommt mit …«

Er wollte ihn nicht allein auf der Insel lassen. Der junge Mann schlief noch, als Mahé seine Zimmertür aufstieß. Er ging immer erst zum Hochamt. Als er ihn so liegen sah, die Haare verstrubbelt, mit offenem Mund, fand er ihn regelrecht widerwärtig.

»Steh auf … Wir fahren zurück … Meine Mutter ist krank …«

»Was hat sie denn?«

»Keine Ahnung … Wir fahren in einer halben Stunde …«

Er fühlte sich wie von einem großen Gewicht befreit. Es schmerzte ihn, dass seine Mutter wahrscheinlich Krebs hatte, doch Péchades Brief war trotzdem irgendwie ein unverhofftes Wunder.

Er lief hinein und hinaus, zahlte bei Madame Harmoniaux, die sich bemüßigt fühlte, ihn zu bemitleiden und ihm Geschichten von Krebskranken zu erzählen. Er gab Éva, die ihn anwiderte, ein Trinkgeld. Wenn er mit jemandem redete, rollte von Zeit zu Zeit eine Träne über seine Wange.

Was ihn am meisten verblüffte, war, dass er bei dem Wort »Brust« an seine Kindheit denken musste, daran, dass seine Mutter ihn als Säugling gestillt hatte.

Damit wurde seine Mutter mit einem Schlag wieder zur Frau. Mit dieser inzwischen ausgemergelten Brust hatte sie ihn gestillt.

Wie oft hatte er seine Tanten sagen hören, wenn von Säuglingen die Rede war:

»Es ist nicht wie bei François... Der hat mit zwei Jahren noch die Brust bekommen...«

Er war also schuld, und seine Mutter war plötzlich nicht mehr die etwas verschrumpelte alte Frau in Grau oder Schwarz, die durchs Haus trippelte oder am Fenster nähte, sondern eine Frau mit anfälligen Organen.

Die Insel war an diesem Morgen wie ein Backofen. Das Hemd klebte ihm unter dem dicken Anzug am Leib. Er hatte einen Karren aufgetrieben – den Karren des Lebensmittelhändlers und Bürgermeisters – und das Gepäck darauf gestapelt. Die ›Cormoran‹ lag unter Dampf. Man wartete noch auf die Kinder, die wie immer trödelten, und auf Mariette, die sie hinter sich her zerrte.

»Glaubst du, es ist so ernst?«, fragte Hélène, die ihn beruhigen wollte.

Wozu ihr antworten? Seine Mutter hatte Brustkrebs. Jahrelang hatte sie kein Wort gesagt. Niemand hatte geahnt, dass unter dem strengen Korsett, unter ihrer Brosche, die sie nur sonntags trug, dieses widerliche Ding wuchs und sich in ihr Fleisch fraß.

Mit der Klarheit einer Halluzination sah er eine Seite eines seiner Lehrbücher im Studium vor sich, eine künstlerische Interpretation des Krebses von Ambroise Paré, eine Art Krabbe mit behaarten Scheren …

Das klare Wasser glitt am weißen Schiffsrumpf vorbei. Die Wasserpflanzen auf dem Grund schienen sich beim Vorbeifahren zu wiegen. In dieser Fahrtrichtung hatten die Mahés das Schiff fast für sich. An der Anlegestelle in La Tour Fondue sah man schon die dichte Menschenmenge, die darauf wartete, zur Insel überzusetzen.

Da tat der Doktor ein Gelübde, indem er zum Meer gewandt die Lippen bewegte, damit niemand merkte, dass er mit sich selber sprach.

»Lieber Gott, wenn meine Mutter gesund wird, gelobe ich dir, nie wieder nach Porquerolles zurückzukehren, ich gelobe dir, nie wieder …«

Er hatte keine Worte, um auszudrücken, was er dachte. Es war unbestimmt. Es war mehr eine Folge von Gedanken, Gefühlen, Empfindungen …

»Lieber Gott, du weißt schon, wie ich es meine …«

Danach fühlte er sich erleichtert. Er musste sich um Benzin und Motoröl kümmern, das Gepäck festschnallen. Das Auto war überladen, die Hitze unerträglich.

Wegen der Kinder konnten sie die Nacht nicht durchfahren und übernachteten in Toulouse. Sie hatten Gott weiß wo gegessen, mehr schlecht als recht auf einer Terrasse unter einer rot-gelb gestreiften Markise. Der Doktor spürte einen Druck um den Kopf wie von einem engen Helm.

Sie bekamen ein Zimmer mit Doppelbett, und er fand sich neben seiner Frau wieder.

›Lieber Gott, ich gelobe dir …‹

»Weinst du, François?«

»Nein…«

Er schniefte, das stimmte, aber er weinte nicht. Um sechs Uhr morgens war er auf, ging, nachdem er das Auto aus der Garage gefahren hatte, wartend in den menschenleeren Straßen auf und ab und sah Straßenbahnen vorbeifahren.

»Was wirst du ihr sagen?«

»Ich weiß nicht. Darum geht es nicht…«

Er vermied es, Alfred anzusprechen, oder wenn er es doch tat, dann schimpfte er mit ihm.

»Nimm dich zusammen, François. Er fragt sich schon, was du gegen ihn hast. Ich sehe doch, wie es ihm nahegeht…«

Und wie nahe ging es ihm selbst?

Die Gegend wurde vertrauter. Dann erkannte man Dörfer, Häuser, las man auf Schildern Namen wie Mahé, Lansquet und andere.

»Fährst du nicht bei Péchade vorbei?«

Sie hielten kurz in Bressuire, aber es war nur das Dienstmädchen da, denn Péchade machte Krankenbesuche.

»Richten Sie ihm aus, dass wir zurück sind und ich ihn später anrufe.«

Die Häuser waren grau, die Dächer aus schwarzem Schiefer, man konnte sich nicht mehr vorstellen, dass anderswo die Häuser rosa, hellblau, zartgrün gestrichen waren, bunt wie Frauenkleider, und es war schockierend, sich jetzt Männer mit nackten Füßen in Sandalen, mit offenem Hemd und sonnenverbranntem Hals vorzustellen oder Frauen, Mütter in Shorts, die mit ihren kleinen Kindern zum Strand pilgerten, wo sie die Tage auf einem Badetuch im Sand verbrachten. Einige Frauen lagen auch auf dem Bauch und hatten ihren Badeanzug so weit heruntergezogen, dass der Ansatz ihrer Brüste sichtbar war.

Die Brust seiner Mutter…

Er bekam Herzklopfen, als er das Haus erblickte, er sah durch alle offenen Fenster hinein, aber erst im Garten entdeckte er die vertraute Gestalt unter einem breiten schwarzen Strohhut.

Seine Mutter war mit Bohnenpflücken beschäftigt. Es hatte geregnet, denn die Erde war dunkel und die Sonne gelb wie nach einem Regenguss. Sie blickte erstaunt auf das Auto, das sie nicht sogleich wiedererkannte, dann sah sie ihn aus dem Wagen springen, durchs Gartentor stürmen und linkisch auf sie zustürzen.

»François!«, sagte sie in dem Ton, in dem sie ihm immer Vorwürfe machte.

»Maman…«

Er hatte sich geschworen, nicht zu weinen, ruhig zu bleiben, die Sache leichthin abzutun, aber er konnte nicht mehr, das Herz ging ihm über, er nahm sich nicht die Zeit, seine Mutter ins Haus zu ziehen, und sagte immer wieder, während er sie linkisch umarmt hielt:

»Maman…«

Er musste schlucken.

»Was hast du denn? Was ist denn passiert?«

Wie hätte er es erklären können? Es war mehr als der Krebs… Am Tag zuvor noch hatte er ganz nackt und verschwitzt, voller schmutziger Gedanken hinter sonnenheißen Jalousien dagelegen und…

Schluss damit! Das war vorbei. Er war wieder hier. Er merkte mit Erstaunen, wie er in dem kleinen Garten größer, stärker, charakterfester wurde. Gleich würde er seine Motorradhosen und Stiefel wieder anziehen. Schon roch er wieder den etwas muffigen Geruch des Hauses.

»Ich wette, Péchade hat dir geschrieben … Dabei hatte ich es ihm verboten … Das alles wegen nichts und wieder nichts! … Und die Kinder! Du hast die Kinder mit zurückgebracht! … Und den armen Alfred, der sich auf diesen Monat auf Porquerolles so gefreut hatte …«

Das Auto war ausgeräumt. Die Kinder umarmten ihre Großmutter. Mariette trug bereits die kleineren Gepäckstücke hinein, machte die Küchentür auf, wo das Gas an war und Wasser kochte.

»Ich bin sicher, dass es nichts Schlimmes ist, Maman, aber wir fahren besser zu Charbonneau … Danach können wir wieder beruhigt sein …«

»Wenn ich gewusst hätte …«

Er ging zum Umziehen hinauf und bückte sich, um seine Schuhe zuzuschnüren, aus denen ein wenig feiner Sand rann. Türen wurden aufgestoßen, Fenster zugemacht. Er ging in sein Sprechzimmer und verlangte sofort eine Verbindung mit Charbonneau.

»Ja, Herr Professor … Morgen früh … Ja … Ich danke Ihnen … Dann fahren wir sicher heute Abend schon und übernachten in Poitiers …«

Charbonneau fuhr selber am nächsten Tag um neun Uhr früh in Urlaub. Nur weil Mahé sein Schüler gewesen war, war er bereit, ihn noch vor der Abreise zu empfangen.

Schon seit Jahren war seine Mutter nicht mehr aus dem

Haus gekommen. Stundenlang hörte man sie hin und her gehen, ganz im Reisefieber, und Mariette, ihrer Schwiegertochter und dem alten Guérin, der den Garten machte, überflüssige Ratschläge erteilen.

»Wenn ich das gewusst hätte! …«, seufzte sie immer wieder. »Jetzt ist das ganze Haus durcheinander wie bei einem Umzug …«

Um fünf Uhr setzte sie sich schließlich neben ihren Sohn in den Wagen.

»Warum hast du nie gesagt, dass du Schmerzen hast?«

»Wir Frauen sind das gewöhnt … Fahr nicht so schnell … Du weißt doch, dass ich immer Angst vor einem Unfall habe …«

Sie nahmen zwei Zimmer im Hotel. Sie wollte um keinen Preis im Restaurant essen, denn sie hatte sich ihr Essen mitgebracht.

»Geh essen … Geh aus … Kümmere dich nicht um mich …«

In diesem einfachen Zimmer, wo sie betrübt den Staub betrachtete, erkannte er sie kaum wieder. Sie erschien ihm kleiner, älter, gebrechlicher. Er sah sie endlich, wie die andern sie sahen, und nicht, wie man seine Mutter sieht.

»Ich gehe essen und komme sofort zurück …«, sagte er und schämte sich.

Er hatte wirklich das Bedürfnis, hinauszugehen und andere Menschen zu sehen. Vor Müdigkeit und Bestürzung lagen seine Nerven blank. Er trank ein wenig Wein, eine halbe Flasche vielleicht, und das Blut stieg ihm davon in den Kopf.

Als er seiner Mutter gute Nacht sagen ging, bemerkte

er, dass sie Betttücher für ihn und sich mitgebracht hatte, da ihr vor zweifelhaftem Hotelbettzeug grauste. Sie hatte auch den Küchenwecker mitgenommen, er erkannte ihn am Ticken.

»Steh aber nicht zu früh auf. Charbonneau erwartet uns erst um acht…«

Sie hatte auch ihre schönste Unterwäsche mitgebracht, die sie seit mindestens zwanzig Jahren nicht mehr getragen hatte.

»Mach dir keine Sorgen um mich. Schlaf…«

Sie war es, die ihn weckte, indem sie ihm seinen Kaffee ans Bett brachte. Sie war bereits fertig angezogen. Sie trug das schwarze Kleid, das sie sich mehrere Jahre zuvor für eine Hochzeit hatte machen lassen, und er stellte fest, dass sie ihren gesamten Schmuck angelegt hatte. Das verstörte ihn dermaßen, dass er sich beim Rasieren schnitt und das Blut lange nicht stillen konnte.

»Gehen wir…«

»Du lässt mich allein mit ihm reden, nicht wahr? Versprich mir das. Sonst gehe ich nicht mit…«

»Aber ja, Maman…«

Sie wurden in Charbonneaus Salon geführt, wo die Möbel bereits mit Tüchern verhüllt waren. Im Flur Gepäck, unter anderem Golfschläger, und im ersten Stock lärmendes Gerenne.

Sie schwiegen sich an, als sie einander gegenübersaßen, wahrscheinlich beide gleichermaßen beeindruckt. Charbonneau kam herein. Er war sehr groß, ein wenig kahl, mit einem grauen Kinnbart. Seine ganze Persönlichkeit strahlte Gelassenheit aus.

»Ich bitte um Entschuldigung, dass ich Sie so früh habe kommen lassen, aber wir nehmen den Zug in die Pyrenäen, wo wir jedes Jahr hinfahren …«

Er stieß die Polstertür zu seinem Sprechzimmer auf.

»Wenn Sie bitte eintreten wollen.«

Er erwartete, auch seinen Kollegen eintreten zu sehen, doch dieser blieb verlegen im Salon stehen. Der Professor verstand, schloss die Tür, und von da an hörte Mahé nur noch fernes Gemurmel, wie wenn man zufällig an einem Beichtstuhl vorbeikommt. Von Zeit zu Zeit Schritte. Dann das metallische Geräusch von Geräten, die benutzt wurden.

Ein Junge von fünfzehn Jahren stürzte in den Salon und fuhr Entschuldigungen stammelnd zurück, als er merkte, dass jemand darin war. Ein Auto hielt vor der Tür, und das Gepäck wurde eingeladen.

Mahé war schweißbedeckt, und trotzdem war ihm nicht heiß. Seine Hände waren feucht. Er starrte die Bronzebüste Charbonneaus auf dem Kaminsims und gegenüber ein großes Ölgemälde einer jungen Frau im Abendkleid an.

Immer noch Stimmengemurmel. Dazwischen längeres Schweigen. Schließlich ging die Polstertür auf. Vom Gesicht seiner Mutter konnte er nichts ablesen. Nur ihre Wangen waren etwas gerötet – sicher weil sie sich hatte freimachen müssen.

Der Doktor suchte Charbonneaus Blick. Worte waren zwischen ihnen nicht nötig. Im Übrigen wusste er es ja schon. Das Wunder war nicht geschehen. Ein einfacher Lidschlag, ein Lidschlag, der besagte:

›Es ist so. Eindeutig!‹

Doch der Professor sagte:

»Wie ich Ihrer Mutter schon erklärt habe, muss ich sie noch mal sehen, bevor ich eine endgültige Diagnose stellen kann... In drei Wochen bin ich zurück... Ich schreibe Ihnen dann und gebe Ihnen einen Termin... Inzwischen hätte ich gern, dass Ihre Mutter sich keine Sorgen macht und sich sagt, dass, selbst wenn es tatsächlich Krebs sein sollte, wir heute starke Mittel haben, um ihn zu bekämpfen...«

Madame Mahé lächelte, das rührendste Lächeln, das der Doktor in seinem ganzen Leben gesehen hatte, und er musste sich abwenden, um nicht in Tränen auszubrechen.

»Dann wollen wir Sie jetzt nicht länger aufhalten, Herr Professor...«

Auf der Straße trippelte sie neben ihm her. Er wiederholte ihr Charbonneaus Äußerungen, den berühmten Satz, den man der Kranken immer wieder vorbeten würde.

Sie mussten ihr Gepäck aus dem Hotel holen. Seine Mutter wollte sich unbedingt umziehen, weil sie es unpassend fand, so sonntäglich herausgeputzt nach Saint-Hilaire zurückzukommen.

Doch während sie im Nebenzimmer aus ihrem schwarzen Kleid schlüpfte, durchfuhr es den Doktor mitten in seinem Gefühlssturm wie eine Erleichterung:

›Jetzt, wo ich nicht erhört worden bin, gilt mein Gelöbnis nicht mehr.‹

6

Beerdigung in Saint-Hilaire

Sie blieb rechthaberisch bis zum Ende. In den letzten Tagen war sie kaum zu bändigen, obwohl sie erschreckend abgemagert war. Kaum wandte man ihr den Rücken, stand sie aus dem Bett auf, kramte im Haus herum und ging geheimnisvollen Tätigkeiten nach. Weil sie so leise war, wurde man völlig überrascht, wenn sie plötzlich hinter einem stand oder man sie gar in einem Wandschrank fand. Wie ein ertapptes Kind legte sie dann den Finger an die Lippen.

»Pst! François nichts verraten …«

Inzwischen war April. Im Herbst hatte der Gärtner ein großes Beet Erdbeeren gepflanzt, und sie hatte zu ihm gesagt:

»Ich glaube fast, von denen werde ich keine mehr essen, Vater Guérin …«

Er war fünfzehn Jahre älter als sie und kümmerte sich in der Kleinstadt noch um einige andere Gärten. Er konnte sich noch an sie als kleines Mädchen erinnern und behauptete steif und fest, sie habe ihm an dem Tag, an dem er als Rekrut mit dem ganzen Jahrgang zum Abschiedstrunk von Haus zu Haus gezogen sei, ein Goldstück in die Rekrutenkasse getan. Sie aber sagte, das sei nicht wahr, der Alte erzähle Märchen.

Häufig sah man sie in ein Notizbüchlein schreiben, das sie mit sich herumtrug. Doch die meiste Zeit verbrachte sie in den Wandschränken, als wolle sie Inventur machen.

Man sagte das im Scherz, ohne zu ahnen, dass es der Wahrheit entsprach.

Zwei Monate lang hatte sie jeden Gedanken an eine Operation von sich gewiesen, auch noch, als Professor Charbonneau extra aus Poitiers hergekommen war, um sie dazu zu überreden.

»Wozu mich quälen, wo doch nichts mehr zu machen ist?«

Gerade weil sie ein hoffnungsloser Fall war, musste die Operation versucht werden. Eine regelrechte Verschwörung wurde um sie herum angezettelt. Doktor Péchade war natürlich eingeweiht, die ganze Familie, Freunde, sogar Bekannte, die sie besuchen kamen. Sie wurden entsprechend instruiert, und Madame Mahé wusste es genau. Sie war schon misstrauisch, wenn sie eintraten, und sagte, kaum dass sie den Mund aufmachten:

»Ich weiß schon, was ihr mir sagen wollt, nun macht schon!«

Jeder hatte einen Onkel, eine Tante, eine Schwägerin, einen Cousin, die noch viel schlimmer dran gewesen und durch die Operation gerettet worden waren.

Schließlich gab sie nach.

»Damit ich endlich meine Ruhe habe!«, seufzte sie.

Tatsächlich litt sie Höllenqualen. Doch als die Rede auf die Klinik kam, leistete sie erneut Widerstand, noch erbitterter als am Anfang. In diesem Kampf verbrauchte sie ihre ganze restliche Energie.

Sie klammerte sich an ihr Haus, und man musste sich in den letzten Tagen abwenden, wenn man sie die vertrauten Wände, Möbel und Nippes betrachten sah. Vom Keller bis zum Speicher unternahm sie trippelnd eine traurige Wallfahrt. Jedes Mal, wenn sie dabei ertappt wurde, zuckte sie zusammen und tat so, als würde sie etwas suchen, was sie gerade brauchte.

Am Abend vor der Abfahrt sah man Mutter Papin ankommen, und das war ein Schock für Hélène, die allein im Haus war und die Tür aufmachte. Sie war eine alte Frau, klein, mager und schlohweiß, deren Spezialität es war, Tote einzusargen, nicht als Beruf, sondern zum Vergnügen. Sie war reich. Sie lebte allein in einem Haus, in dem sie noch nie jemanden empfangen hatte. Sie behauptete, keinen Schlaf zu brauchen. Die Lebensmittelhändlerin sagte, sie würde kaum etwas essen, denn sie kaufte fast nichts ein und das wenige nur in winzigen Mengen, »wie für einen Spatz«.

Sobald jemand in der Gegend im Sterben lag, kam sie. Trotz aller Zurückweisungen blieb sie ruhig und wartete geduldig, weil sie wusste, dass man ihr am Ende doch die letzte Herrichtung des Toten anvertrauen würde. Sie verstand sich darauf wie niemand sonst, sie konnte ohne jede Hilfe einen Mann von achtzig Kilo wie den alten Soulard umdrehen, der an einem Hirnschlag gestorben war.

»Deine Schwiegermutter erwartet mich!«, sagte sie zu Hélène, die sie abweisen wollte. »Du brauchst mich gar nicht so anzusehen. Sie selbst hat Guérin nach mir geschickt.«

Es stimmte. Die beiden verbrachten fast eine Stunde flüsternd miteinander im Zimmer.

Madame Mahé ließ auch den Priester kommen, und ihr Sohn wusste nicht mehr, wohin er flüchten sollte, weil ihn diese minutiösen Vorbereitungen verstörten.

Der eigentliche Schock kam, als der Krankenwagen eines Morgens vor dem Gartentor hielt. Man kleidete die Kranke an, die immer noch Befehle gab und auf die kleinsten Einzelheiten achtete.

»Ich verstehe nicht, warum alle solchen Wert darauf legen, dass ich woanders sterbe«, sagte sie zu Hélène. »Im eigenen Bett wäre ich viel besser aufgehoben!«

Als ihr Sohn und ihre Schwiegertochter mit ihr durch den Garten gingen, fing sie vor Angst an zu schlottern. Sie hatte nicht gewollt, dass die Kinder bei der Abfahrt dabei waren.

»Sie sollen ihre Großmutter nicht so in Erinnerung behalten.«

Sie hatte auch darauf bestanden, dass sie sie nicht in der Klinik besuchten.

Ein leichtes Lüftchen wehte, die Vögel sangen in den Bäumen, Gänseblümchen blühten zwischen den Rabatten. Péchade und Mahé fuhren im Krankenwagen mit.

Man brachte sie mit dem Aufzug hinauf und in ein kleines weißes Zimmer, wo sie in Tränen ausbrach. Gegen Ende des Vormittags, bevor sie in den Operationssaal gerollt wurde, war sie kurz mit ihrem Sohn allein.

»Was soll nur aus dir werden, wenn ich nicht mehr da bin, mein armer François.«

Er erwartete, sie würde ihm jetzt ein Versprechen abnehmen. Er war bereit, es aufrichtig, aus tiefstem Herzen zu geben. Und sicher hätte er es auch ganz genau eingehalten.

Da ging die Tür auf. Eine Nonne kam herein.

»Bin ich jetzt dran?«, fragte sie mit einem schwachen Lächeln.

Man hatte einen berühmten Chirurgen aus Paris geholt. Charbonneau und Péchade assistierten. Der Doktor sah sie durch den Türspalt ein letztes Mal, als die Ärzte bereits die weißen Kittel übergestreift und die Handschuhe angezogen hatten und man ihnen gerade die Gesichtsmasken umband.

Er setzte sich auf einen Stuhl in dem blitzsauberen Flur, in den die Sonne hereinströmte. Mehrmals schlich er zur Tür des Operationssaals, aber kein Laut drang heraus. Eine Stunde verging. Der größte Teil einer zweiten Stunde verrann, und er wusste, das war ein schlechtes Zeichen.

Endlich ging die Tür auf, und die kleine Rollbahre mit einem Laken darüber wurde von einem Pfleger vorbeigeschoben. Péchade ging auf ihn zu, ernst und traurig.

»Und?«

»Nein… Noch nicht…«

»Besteht Hoffnung?«

Péchade konnte darauf nur die Augen zum Himmel heben. Sie hatte die Belastung der Operation nicht verkraftet. Eine Stunde später war alles vorbei, ohne dass sie das Bewusstsein wiedererlangt hätte. Die Nonnen schickten sich an, sie aufzubahren, als der Doktor im Flur Stimmengewirr wie von einem Streit hörte.

Es war die alte Papin, die mit einem Koffer erschienen war und unbedingt hineinwollte.

»Sagen Sie ihnen, Monsieur François, dass Ihre Mutter selber nach mir geschickt hat. Und dass ich auch ihre Sachen mitbringe, wie sie mir aufgetragen hat…«

Er nickte zustimmend, sagen konnte er nichts. Und die alte Papin blieb lange mit einer der Nonnen allein im Zimmer.

Am Abend wurde die Leiche nach Saint-Hilaire überführt, wie es Madame Mahé angeordnet hatte. Die alte Papin baute sich vor dem Doktor auf.

»Hören Sie, Monsieur François, sie hat mir sehr ans Herz gelegt, dass Sie nichts machen, bevor Sie das Notizbuch gelesen haben, das unter einem Stapel Wäsche in der Kommode versteckt ist…«

Da sah man wieder, wie sehr sich die Sterbende um die kleinsten Kleinigkeiten gekümmert hatte. Alles war notiert, auch der Ort, wo die Kerzen lagen, die Kerzenhalter, die man für das Aufbahrungszimmer brauchte – die zwei silbernen aus dem Salon.

Es gab eine vollständige Inventarliste von allem, was selbst in den unwichtigsten Schränken des Hauses war, und sie hatte an alle gedacht, für jeden ein kleines Erbstück vorgesehen, auch für entfernte Verwandte, die man seit zwanzig Jahren nicht mehr gesehen hatte.

Man fand auch eine Liste von Personen, die zu benachrichtigen waren, und Empfehlungen für den Notar. Auch an die Erbschaftssteuer hatte sie gedacht und alles so geregelt, dass diese so klein wie möglich ausfallen würde.

Es wurde ein schönes Leichenbegängnis. Ganz Saint-Hilaire war da, auch Leute aus den Nachbargemeinden, aus Bressuire und Cholet. Einige kamen im Auto und mit dem Fahrrad. Es kamen welche zu Fuß aus dem Nachbardorf, und es entstanden lange Trauerzüge auf den Straßen, die ein Regenguss abgespült hatte.

Die Augen des Doktors waren gerötet, und man hätte meinen können, er sei blind, denn er stieß gegen Möbel, schüttelte Leuten die Hand, als erkenne er sie nicht, und stammelte mechanisch:

»Danke …«

Nach den Anweisungen seiner Mutter hatte er ein Essen für fast hundert Personen in der Gastwirtschaft bestellt, die fünfzig Meter von seinem Haus entfernt lag.

Und abends dann, als sie ganze Batterien von Flaschen geleert hatten, waren sich alle einig, hier in der Gegend noch nie eine so schöne Leichenfeier erlebt zu haben.

Er fuhr immer noch mit dem Motorrad zu seinen Hausbesuchen auf den Bauernhöfen. An Markttagen empfing er die Patienten in seinem Sprechzimmer, und die Leute standen vom Wartezimmer bis in den Garten. Péchade versuchte ihn abzulenken, lud ihn jeden Sonntag mit seiner Frau und den Kindern ein.

Er war ihm dafür dankbar, gewiss. Umso mehr, als Péchade, der kränklich und von Natur aus eher schwermütig war, sich anstrengte, um ein bisschen Heiterkeit zu verbreiten.

Der Doktor sah ihn jetzt immer wie an jenem bleiernen Nachmittag in seinem Garten, mit grauen Wangen, die linke ein bisschen dicker als die rechte, und diesem Mund, der rastlos in Bewegung war.

Sie waren die besten Freunde gewesen, die man sich vorstellen konnte. Er durfte Péchade nichts vorwerfen. Ganz im Gegenteil. Er hatte sich mehr um ihn gekümmert als jeder in seiner Familie, und er hatte sogar seine

Patienten und seine eigene Familie vernachlässigt, um ihm beizustehen.

Péchades Schuld war es nicht, wenn das Band gerissen war. Er besuchte ihn mit seiner Familie. Schon beim Eintreten erkannte er den Küchengeruch wieder. Die Kinder wurden zum Spielen nach draußen geschickt. Man setzte sich in die Sonne, ans Fenster, und ihn langweilte schon jetzt das Gespräch, das gleich beginnen würde wie ein Dauerregen, und er sah die Frauen in einer Ecke flüstern und sich gegenseitig Stickereien oder Schnittmuster von Kleidern zeigen, die sie sich von der neu zugezogenen Schneiderin nähen lassen wollten.

Er aß ohne Appetit. Er kam sich plump vor, ungeschickt. Er sah Péchades Kinder an, drei Jungen, die ihrem Vater derart aus dem Gesicht geschnitten waren, dass es schon an Karikatur grenzte, und seine eigene Tochter Jeanne, die jetzt bald zehn wurde, und seinen Sohn, der gerade eingeschult worden war.

Seine Tochter war nach ihm geraten. Als sie noch kleiner gewesen war, hatte sie mit ihren Locken und ihren großen Augen hübsch ausgesehen, aber inzwischen wirkte sie etwas grobschlächtig. Sie schlug dem Großvater nach, dem berühmten Mahé, der sich im Rausch sein Pferd auf den Rücken geladen hatte und daran gestorben war.

Ihre Haut war grobporig, ihr Gesicht zu breit und ihr Mund konturlos.

Er war nicht enttäuscht. Es war ihm egal. Alles um ihn herum war ihm gleichgültig.

Sein Sohn hingegen war so ruhig, dass man ihn bisweilen schütteln wollte, um ihn dazu zu bringen, sich endlich wie ein Junge zu benehmen. Er hatte die Schlaffheit seiner Mutter, ihr abgeklärtes oder resigniertes Wesen. Nein, es war nicht Resignation. Er war antriebslos. Er blieb, wo man ihn hinsetzte, und konnte sich stundenlang mit beliebigen Dingen beschäftigen, einer alten Schachtel, einem Stückchen Schrott, mit Stofffetzen, ganz so wie Hélène, die stundenlang am Fenster saß und nähte.

In der Woche der Beerdigung, drei Tage später, hatte Mariette geheiratet. Sie waren alle entsetzt gewesen. Weil sie schon vier Jahre bei ihnen lebte – sie hatten sie als ganz junges Mädchen eingestellt –, hatten sie sich eingebildet, sie würde mit ihnen die Familientrauer einhalten.

Nun kam eine neue Mariette zum Vorschein, eine Mariette, die in ihrem kleinen runden Kopf einen Lebensplan hatte und ihn auch durchsetzen wollte.

»Sie müssen verstehen, die Hochzeit ist vorbereitet, mein Verlobter wartet, und in Paris sind Verwandte, die schon lange Urlaub dafür genommen haben. Ich konnte ja nicht ahnen, dass Madame ausgerechnet jetzt stirbt …«

So musste im völligen Chaos ein neues Dienstmädchen angelernt werden, das ihr ganzes Leben auf einem Bauernhof verbracht hatte und alles zerschlug, was sie anfasste. Sie war ein stämmiges Mädchen mit verschreckten Augen. Sie zitterte schon, wenn man ihr Anweisungen gab, und sah einen an, als wollte sie sagen:

›Glauben Sie, ich kann das?‹

Das war aber unwichtig. Hélène kümmerte sich um den Haushalt. Sie hatte das schon vorher gemacht, aber da hatte sie noch ihre Schwiegermutter neben sich gehabt.

Plötzlich wirkte sie unscheinbar in dem Haus, als wäre es zu groß für sie. Es kam vor, dass sie kopflos hin und her lief, als hätte sie etwas verloren. Bei Tisch, im Speisezimmer, das auf die Terrasse hinausging, war die Leere noch fühlbarer. In den ersten Tagen konnte der Doktor gar nicht essen. Auch wenn er nicht auf den leeren Platz seiner Mutter blickte, erfasste ihn Unbehagen, und es kam jetzt immer öfter vor, dass er vor dem Ende der Mahlzeit aufstand und hinausging.

Er reagierte auf alles gereizt.

»Du musst mit den Kindern geduldiger sein, François. Sie können nichts dafür ...«

Und er fragte sich, ja, er fragte sich, mit welchem Recht sie so mit ihm redete, mit welchem Recht sie überhaupt da war.

Zu Lebzeiten seiner Mutter hatte er sich daran gewöhnt, sie im Haus zu sehen, weil sie darin nur einen untergeordneten Platz einnahm.

Er hatte sich nicht getäuscht, damals auf Porquerolles, als er entdeckt hatte, dass seine Mutter sie für sich und nicht für ihn ausgesucht hatte.

Und nun? Was nun, wo seine Mutter nicht mehr da war?

Er wollte sich seine Gleichgültigkeit nicht anmerken lassen, um Hélène nicht weh zu tun, denn bösartig war sie nicht. Doch er schaffte es nicht. Je mehr er sich bemühte, desto mehr irritierte sie ihn.

Er wusste, dass sie mit den Péchades über ihn redete. Er hatte sie nie direkt dabei ertappt, aber er merkte es an gewissen Worten, gewissen Empfehlungen seines Freundes.

»François braucht Ablenkung … Ich weiß nicht, wie ich es anstellen soll …«, hatte sie ihnen wohl anvertraut.

Zuerst hatte Péchade ihn zu einem Ärztekongress nach Paris mitschleppen wollen. Er hatte abgelehnt. Er hatte überhaupt keine Lust, nach Paris zu fahren oder sich ablenken zu lassen.

Das Leben hatte jeden Reiz für ihn verloren, daran lag es. Ihm ging es wie einem Greis, der keinen Appetit mehr hat. Mit Medikamenten ließ sich das nicht beheben, die Ursachen lagen tiefer, und ebendiese Ursachen wollte er nicht zur Kenntnis nehmen.

»Warum gehst du nicht mal wieder angeln oder versuchst, ein paar Krebse zu fangen?«

»Es ist noch zu früh …«

»Gestern hat Agat einen Hecht von drei Pfund gefangen …«

Warum ließ man ihn nicht einfach in Frieden? Merkte denn keiner von ihnen, dass sie äußerst plump vorgingen? Sie machten die Leere, die er in und um sich fühlte, nur noch spürbarer.

Das lag nicht nur am Tod seiner Mutter. Er war jetzt fünfunddreißig Jahre alt. Bisher, konnte man fast sagen, hatten immer die anderen für ihn gelebt.

Man hatte einen Arzt aus ihm gemacht. Er hatte folgsam alles studiert, was man ihm zu studieren vorsetzte. Dann hatte er sich in diesem grauen Haus einsperren lassen, in dem sie fortan so taten, als wäre es seines.

Er hatte nichts von sich aus unternommen. Ohne besonderen Eifer hatte er mit den Spielsachen gespielt, die man ihm gegeben hatte, er hatte gejagt, er hatte geangelt, er hatte Bridge gelernt, um Péchade eine Freude zu machen.

Man hatte ihm immer wieder eingeredet:

»Es ist *deine* Kirche … Es ist *dein* Dorf … Es sind *deine* Freunde …«

Und zum Beweis zeigte man ihm, wo überall im Ort sein Familienname zu lesen war.

Und eines schönen Tages, er wusste nicht mehr genau, wann, und er wollte es auch nicht wissen, hatte er entdeckt, dass es nicht stimmte, wie ein Kind in einem gewissen Alter merkt, dass die Onkel und Tanten, die es immer küssen muss, ihm nichts bedeuten.

Da saß er nun mit seinen fünfunddreißig Jahren, übergewichtig, aufgedunsen, mit einem entsetzlich gewöhnlichen Alltag, mit Frau und zwei Kindern in einem völlig vorgezeichneten Leben, dessen Ablauf für jeden Tag der Woche feststand.

Er bewegte sich in den vorgezeichneten Bahnen, weil er keine andere Möglichkeit sah, weil er sich weigerte, sich andere Möglichkeiten vorzustellen. Er bewegte sich in seiner für ihn zurechtgeschneiderten Welt wie in einem zu großen Anzug.

Eines Abends beim Schlafengehen sagte seine Frau beiläufig, weil sie den Vorwurf in ihren Worten mit krampfhaftem Humor überspielen wollte:

»Du hast doch heute Nachmittag nicht etwa getrunken, oder?«

Er log und gab zur Antwort:

»Nur ein Glas Wein, bei den Bertauts …«

Das stimmte nicht. Er war zu einem Hausbesuch dort

gewesen. Ein Knecht war von der Leiter gestürzt. Üblicherweise trank er nie bei seinen Patienten, weil, wie er immer sagte, er den Tag sonst nicht durchstehen würde, wenn er bei jedem Patienten ein Glas trank. Das war so bekannt, dass ihm die Männer, wenn sie miteinander anstießen, zuriefen:

»Für Sie immer noch keinen, Doktor?«

Bei den Bertauts hatte er drei Gläser getrunken. Am Vortag hatte er bei einem Bauern mitgetrunken, der in seinem Keller gerade Wein abgezogen hatte.

Seine Frau hatte das an seinem Atem gerochen. Aber auch das konnte er nicht mehr hinnehmen: dass er sein ganzes Leben dazu verdammt sein sollte, mit ihr im selben Bett zu schlafen! Er hatte sich nie an ihren etwas säuerlichen Geruch gewöhnen können. Er mochte es nicht, auf dem Kopfkissen ihr Haar zu spüren, das sie unbedingt lang tragen wollte. Es war ihm auch zuwider, abends ihre zu weißen Beine zu sehen, wo sich blau die Venen abzeichneten und künftige Krampfadern erahnen ließen.

Vor allem schien es ihm – wenn er hier und da ein paar Gläser getrunken hatte –, als sei er betrogen worden, als sei um ihn herum von Anfang an eine obskure Verschwörung im Gange gewesen.

Das ging bis zu den Möbeln! Die Möbel waren von seiner Mutter, manche sogar von der Großmutter, er hatte die Möbel ein Leben lang vor Augen gehabt. Sie trugen Namen, wie Leute einen Familiennamen haben. Man sagte *das gute Buffet*, man sagte *Großmutters Kommode.* Das Gleiche galt für die Brosche, die Hélène geerbt hatte und sonntags trug und die ebenfalls von einer Großmutter stammte, die er nie gekannt hatte. Das alles umzingelte ihn, wie um ihn in einem unüberwindlichen Bannkreis einzuschließen.

Wenn er nach Hause kam, mussten die Kinder still sein. Man setzte sich sofort zu Tisch, und herumliegende Gegenstände wurden von den Möbeln geräumt.

»Beeil dich, Jeanne … Dein Vater kommt …«

Und Jeanne klappte ihre Hefte zu.

»Schnell, Marie …« – das neue Dienstmädchen – »Ich höre schon das Motorrad von Monsieur …«

Und Marie ließ verschreckt fallen, was sie gerade in der Hand hatte.

Man tat so, als behandle man ihn als Familienoberhaupt. Aber er sah in diesem Verhalten nur ein weiteres Mittel, ihn besser unter Kontrolle zu haben.

Inwieweit war er Oberhaupt? Welche Freiheiten, welche Art Freiheit hatte er eigentlich noch?

Wer weiß? Er fing an, sich zu fragen, ob es nicht bei seinem Vater genauso gewesen war, bei dem berühmten Mahé, trotz seiner zwei Meter Körpergröße und seiner hundertzwanzig Kilo Gewicht. Wenn er trank und mit den Viehhändlern wettete – vielleicht war das nur ein Mittel gewesen, ein armseliger Trick, sich vorzumachen, er sei wer?

Ein Sonntag folgte auf den anderen. Die Péchades kamen abwechselnd nach Saint-Hilaire zum Abendessen oder zum Tee. Alle nahmen zur Kenntnis, dass er als Erster die Schnapskaraffe aus dem Wandschrank holte und sich mehr als ein Glas gönnte.

Madame Péchade war es, die an dem bewussten Sonntag

ins Fettnäpfchen trat. Sie sprach nicht nur das Tabuwort aus, sondern wurde auch noch rot, sobald es ihren Lippen entschlüpft war, und blickte entschuldigend um sich.

Naiv und dumm, wie sie war, hatte sie gefragt:

»Fahren Sie dieses Jahr nach Porquerolles?«

Es war zu spät, das Thema zu wechseln. Hélène verspürte sofort das Bedürfnis, sich um die Kinder zu kümmern. Péchade zündete eine Zigarette an. Alle warteten auf die Antwort.

»Ich weiß noch nicht«, sagte er.

Aber er wusste es. Und diesmal war es viel ernster als in den Vorjahren. Er würde nicht nur fahren, sondern er wusste auch, was er dort suchen würde.

»Glaubst du, dass das Klima im Süden deinen Kindern guttut?«

Der arme Péchade!

»Es gibt keinen Grund, warum es ihnen nicht guttun sollte ...«

Und, um die Situation doch noch halbwegs zu retten, beeilte sich seine Frau hinzuzufügen:

»Hélène hat mir gesagt, dass sie sich langsam daran gewöhnt ...«

»Sicher! Sie wird sich daran gewöhnen müssen.«

Ungewollt sprach er die letzten Worte wie ein Urteil aus, mit einer überlegenen Gleichgültigkeit. Sie würde sich daran gewöhnen oder auch nicht. Ihr Pech.

Hatte man ihn je gefragt, ob er sich an sie gewöhnen würde? Hatte man sich jemals groß den Kopf zerbrochen, als man aus ihm einen Landarzt, dann einen Ehemann und schließlich einen Familienvater gemacht hatte?

So war das Leben eben!

Wenn man sich das eingestand, musste man sich auch eingestehen, dass es ein anderes Leben gab, und er war fünfunddreißig, er hielt sich jetzt für berechtigt, seinen eigenen Weg zu gehen, nicht mehr den ihm von anderen vorgezeichneten.

Er nahm es seiner Mutter nicht übel. Er nahm es auch Hélène nicht übel; wenn er es sich genau überlegte, bedauerte er sie eher. Weder seine Mutter noch Hélène traf irgendeine Schuld. Er versuchte, seine schlechte Laune mit einem humorvollen Gesichtsausdruck, mit Gesten, Worten, Blicken zu überspielen.

Hélène war nicht intelligent, aber eine Frau ist in derlei Kleinigkeiten immer empfindlich.

»Willst du da unten angeln?«

Es musste halt darüber geredet werden, weil das Gespräch nun einmal auf dieses Thema gekommen war.

»Ich will angeln, ja … Gelegentlich …«

»Wirst du schwimmen?«

»Schwimmen werde ich auch …«

Es wäre ihm schwergefallen, genau zu sagen, was er dort mochte, was ihn anzog. Im Übrigen hätten sie es auch nicht verstanden.

Er hätte einen Vergleich machen können. Wenn er sich hier morgens am Fenster rasierte, sah er kräftige Ochsen auf die Felder ziehen, mit unter dem Joch gesenktem Nacken, so langsamen Schrittes, dass sie die Ewigkeit auszumessen schienen.

Dort unten, über die Wasseroberfläche gebeugt, wurde er Zeuge eines permanenten, seltsamen Kampfes; hinter jedem Felsen, hinter allen Wasserpflanzen lauerten aggressive Fische auf andere Fische, und sogar die Blumen, die sich auf dem Meeresgrund öffneten, fingen Beute, die sie mit ihren Blütenblättern vergifteten.

Hier verbrachten die Menschen Tag um Tag mit Arbeiten, die unerbittlich vom Bauernkalender vorgegeben waren.

Dort unten aber …

Aber was brachte es, davon zu reden? Warum die Personen in seinem Umfeld aufklären, die ihn voll Unruhe beobachteten?

Sobald er sich umgedreht hatte, wurde sicher gemurmelt:

›Der Tod seiner Mutter hat ihm einen schrecklichen Schock versetzt. Seitdem ist er nicht mehr derselbe. Sie haben sicher gemerkt, dass er angefangen hat zu trinken …‹

Weil er sich bemühte, diesem Umfeld zu entkommen, das war alles. Er war ein Mahé. Als Mahé und weil eine Menge Mahés, die er nicht kannte, sich in der Gegend festgesetzt hatten, taten sie sich alle zusammen, um ihn am Ausbrechen zu hindern.

Dann zog er die breiten Schultern ein, runzelte die Stirn und betrachtete sie alle, wie sie da saßen, als Feinde, auch die Péchades.

So war es! Aber es war nicht seine Schuld. Und sie sollten sich bloß nichts vormachen! Sie würden es nicht schaffen, ihn aufzuhalten. Im Gegenteil! Ihr Widerstand reizte ihn erst recht, auch die bösartigen Komplotte, die sie gegen ihn schmiedeten.

Er würde nach Porquerolles fahren. Er würde nicht

bloß hinfahren, nein, er spürte auch, dass es um mehr ging. Er blieb geduldig. Vielleicht weil er trotz allem ein Mahé war, einer von hier.

Das ging jetzt schon vier Jahre, dass ihn das umtrieb, und er war bisher nicht aus seiner Rolle gefallen, er begnügte sich damit, einen unbestimmten Gedanken wiederzukäuen, der ganz allmählich zu einem Plan heranreifte.

Eines schönen Tages, das wusste er, würde morgens beim Aufwachen die Idee einfach da sein, fix und fertig, und wehe allen, die versuchen sollten, sie ihm auszureden.

Die Leute von Porquerolles fingen an, sich an ihn zu gewöhnen. Er hatte ein paar von ihnen behandelt, es hatte sich so ergeben. Er hatte seinen Kollegen auf der Insel kennengelernt, Doktor Lepage. Einen kleinen, blassen Mann, der diesen Posten nur angenommen hatte, weil er schwach auf der Lunge war.

»Sie müssen verstehen«, hatte er ihm erklärt, »wenn man hier leben will, darf man keinen Ehrgeiz haben. Im Winter sind hier alles in allem nur vierhundert Einwohner, und es gibt kaum Patienten. Wenn die Fischereigenossenschaft mir kein festes Gehalt zahlen würde, um einen Arzt auf der Insel zu halten, hätte ich nicht einmal genug Geld fürs Essen. Dann gibt es noch die Vorsorgeuntersuchungen, die mir jedes Jahr eine gewisse Summe einbringen ... Ich frage mich bloß, ob mir das Klima bekommt ... Meine Schwester, die in den Voralpen wohnt, will unbedingt, dass ich zu ihr ziehe ...«

Er hatte ein rosa gestrichenes Haus an einer Ecke des Marktplatzes, unweit der Kirche. Er vertrieb auch ein paar Arzneimittel. Man bekam ihn fast nie zu Gesicht, denn er verbrachte den größten Teil seiner Tage schlafend in seinem Garten im Schatten eines Feigenbaumes.

Zwei Wochen später, der Sommer hatte bereits begonnen, fragte Hélène:

»Willst du wirklich nach Porquerolles fahren?... Ich frage nur, weil ich für die Kinder die Sachen zum Anziehen vorbereiten muss...«

»Wir fahren hin...«

»Kommt Marie auch mit?«

Das war ihm egal. Er schrieb nach Paris, um sich für den Monat August eine Praxisvertretung schicken zu lassen. Einen schüchternen jungen Mann, der mit Schrecken das große graue Haus betrachtete, wo er ganz allein wohnen sollte. Es wurde beschlossen, ihm Marie dazulassen.

Dann musste noch das Auto repariert und ein Telegramm an Madame Harmoniaux geschickt werden, die ihnen ihr Zimmer reserviert hatte.

Am Morgen der Abfahrt, als alle schon im Auto saßen, auf dessen Dach sich mit Schnüren und Riemen festgezurrtes Gepäck stapelte, drehte er sich noch einmal zum Haus um. Es war an diesem Tag sehr heiß. Man hätte meinen können, aus den grauen Steinen steige ein leichtes Flimmern auf.

Der Doktor erinnerte sich an eine andere Abfahrt, an die seiner Mutter, die sich auch vor dem Einsteigen in den Krankenwagen noch einmal umgedreht hatte. In ihren Augen hatte er etwas wie einen Abschied gelesen, einen rührenden Abschied.

Sie wusste, dass sie nicht zurückkommen würde. Sie

hatte entsprechende Vorkehrungen getroffen. Sie hatte alles bedacht.

Und er ging fort, unbeteiligt, ohne Trauer, ohne Gewissensbisse, nur mit einem leicht mulmigen Gefühl wie jemand, der genau weiß, dass er etwas Unrechtes tut.

Trotzdem spürte auch er, dass er nicht zurückkommen würde. Am Tag zuvor noch hatte er nichts davon gewusst, und auch noch nicht, als er das Gepäck auf das Autodach schnürte.

Es kam ganz plötzlich. Er betrachtete die Mauern, den Gitterzaun, die gestutzten Hecken, und übergangslos fiel das alles von ihm ab. Da war nur noch ein beliebiges, eher ungemütliches Haus, ein junger, unbekannter Praxisvertreter, der auf der Schwelle seiner Haustür stand und auf Wiedersehen winkte, ein dralles Dienstmädchen am Küchenfenster.

Aus! Sei's drum! Er wusste noch nicht, wie sich die Dinge fügen würden, aber er vertraute auf seine Vorahnung.

Er schlug die Autotür zu, legte den ersten Gang ein und trat aufs Gaspedal; die Häuser auf beiden Seiten der Straße zogen nacheinander vorbei und verschwanden in der Vergangenheit.

»Sagen wir den Péchades nicht auf Wiedersehen?«

Er hätte sie fast vergessen. Der arme Péchade! Man musste trotz allem korrekt bleiben, die Rituale einhalten bis zum Ende. Obwohl auch Péchade bereits der Vergangenheit angehörte.

Er trug einen grauen Anzug. Er hatte eine graue Haut. Er trat aus seinem Sprechzimmer, wo er gerade eine Injektion gemacht hatte, und hielt die Spritze noch in der Hand.

»Einen Monat?…«, stieß er hervor.

Auch Madame Péchade war da, ganz rosig, zwei ihrer Jungen neben sich.

»Gute Reise… Schreibt uns mal…«

»Natürlich…«

Genau in diesem Moment, und nur in diesem Moment, wurde seine Hand auf dem Lenkrad von einem Zittern erfasst. Es war eine Art Panik, fast animalisch, ein Gefühl der Leere genau in dem Augenblick, wo sich etwas löste, etwas, das nach wenigen Radumdrehungen schon nicht mehr da war, hinter ihnen in der Sonne schmolz.

Und von da an zogen weiß-rote Begrenzungspfähle, neue Namen, Zahlen vorbei. Er saß allein vorne, denn seine Frau hatte sich lieber zu den Kindern nach hinten gesetzt. Neben ihm auf dem Beifahrersitz lag sein Hut, mit einem Trauerflor daran.

»Wo willst du zum Mittagessen anhalten?«

Sie glaubte, er habe es nicht gehört, und beugte sich vor, um ihre Frage zu wiederholen, aber er machte nur eine unbestimmte Handbewegung.

»Fahr nicht so schnell, François… Du weißt doch, dass ich sonst Angst bekomme…«

Er sah sie im Rückspiegel, sie wirkte farblos, und er konnte sich nicht verkneifen zu lächeln, ein beinahe tückisches Lächeln.

Was hätte sie bloß gesagt, wenn sie gewusst hätte, wohin er sie so pfeilschnell entführte?

7

Besuch in der Rue des Remparts

Der Bau war wie eine Kaserne, längs der abschüssigen Straße hingestellt, oder vielmehr ähnelte er mit seiner glatten, hellgrün gestrichenen Fassade ohne Verzierung und ohne Sims eher einer Kinderzeichnung. Die Ähnlichkeit war umso verblüffender, als das Gebäude jetzt am Nachmittag im Schatten lag und alle offenen Fenster wie aus Papier ausgeschnittene schwarze Löcher wirkten.

Der Doktor hatte Mühe gehabt, das Haus zu finden. Kaum war das Mittagessen in der Pension ›Saint-Charles‹ vorbei, war er zur ›Cormoran‹ geeilt, die um halb zwei abfuhr.

In La Tour Fondue hatte er gerade rechtzeitig gemerkt, dass die Batterie seines Autos leer war, um noch auf den abfahrenden Autobus nach Hyères aufzuspringen.

Nur ein halbes Dutzend Fahrgäste saß im Bus, in dem es nach Öl stank und der sich in einem Geflimmer von Hitze und Licht seinen Weg bahnte. Es waren vor allem Frauen von der Insel, die zum Einkaufen fuhren. Auch Polyte saß da, in Leinenhose und Sandalen, ohne Jacke, die Marineoffiziersmütze auf dem Kopf. Man konnte sich kaum unterhalten, solchen Krach machte der alte Klapperkasten. Der Doktor verstand immerhin, dass Polyte nach Toulon wollte, und sah ihn tatsächlich an einer Straßenkreuzung aus dem Bus steigen und auf einen anderen, gerade abfahrenden Bus aufspringen.

Hyères war wie ausgestorben, menschenleer. Die Sonne brannte senkrecht vom Himmel, und auf den breiten Straßen der Unterstadt um das Casino und die Kinos herum blieb nur noch wenig Schattengesprenkel zu Füßen der Platanen. Die Gehsteige waren so verlassen wie nachts um drei. Was der Stadt vor allem ein seltsames Aussehen verlieh, waren die vielen offenen Türen, vor denen in der stehenden Luft schlappe Vorhänge aus Perlen oder Bambusstäbchen, bisweilen aber auch einfache Stofffetzen hingen.

Auf einer Straßenseite waren die Fensterläden geschlossen, aber auf der anderen, auf der die Sonne nicht mehr stand, waren die Fenster sperrangelweit offen.

Die Leute waren zu Hause, klar; irgendwo mussten sie ja sein. Und dennoch: Obwohl kein Fensterglas mehr zwischen Straße und Hausinnern war, sah man niemanden, hörte man keinen Laut. Nur der eine oder andere Hund wachte aus seinen Träumen auf, um sich auf der Türschwelle ausgiebig zu kratzen.

Man hatte dem Doktor gesagt:

»Es ist irgendwo an der Stadtmauer, zwei Häuser neben dem Puff…«

Er hatte eine Festungsmauer um die Stadt herum gesucht und sie nicht gefunden. War da früher eine gewesen und nur der Name »Rue des Remparts« geblieben? Weil da der Puff war, genierte er sich, nach dem Weg zu fragen. So lief er Hunderte von Metern durch die Straßen, ohne eine lebende Seele anzutreffen. Immer wieder trat er dabei auf seinen eigenen winzigen Schatten, der bisweilen die Seite wechselte, und atmete den strengen Geruch geschmolzenen Teers ein.

Der Zufall führte ihn auf einen von Handwerkergeschäften umgebenen Platz, und an dessen Ende las er auf einer Mauer endlich: *Rue des Remparts*.

Die Straße lag am äußersten Stadtrand. Sie war sehr steil. Die ersten Gebäude waren Werkstätten oder Schuppen, bisweilen mit einer Toreinfahrt, durch die man auf eine Baustelle oder ein freies Grundstück blickte.

Er war im Begriff, an dem Haus vorbeizugehen, als er auf dem Gehsteig drei Frauen auf Matten auf dem Boden liegen sah, drei schlafende Frauen im Morgenmantel. Die Tür und die offenen Fenster des Erdgeschosses gaben den Blick auf kleine Bistro-Tischchen und ein riesiges elektrisches Klavier frei, das reich mit Chromleisten und Perlmutteinlagen verziert war.

Eine der Frauen hatte sich auf den Ellbogen gestützt und ihn angeblickt. Da ging er aus Scham weiter, die steile Gasse hinauf. Aber da war nichts mehr. Die Straße hörte einfach auf. Sie wurde zum Feldweg mit Hecken auf beiden Seiten, Gärtchen und schließlich, fünfzig oder hundert Meter höher, überhaupt nichts mehr, außer einem unkrautüberwucherten Feld.

Er war ohne vorgefassten Plan nach Hyères gekommen. Es war keine gute Idee gewesen, sich nicht wie Polyte zu kleiden und sich stattdessen mit steifem Kragen, Krawatte und Sakko auszustaffieren. Damit fiel er nur auf. Er schwitzte.

Er ging wieder hinunter, erneut an den Frauen vorbei. Die Frau, die ihn gerade eben beim Vorbeigehen angeblickt hatte, winkte ihm auffordernd zu, und er tat so, als sehe er sie nicht.

Er ging schnell die ganze Straße wieder hinab, nicht ohne auf die lange, grüne Fassade zu starren, und im Vorbeigehen sah er eine große Eingangshalle voller Schatten und ein breites Treppenhaus mit gusseisernem Geländer.

Da wohnte Élisabeth. Sie war mit ihrem Bruder und ihrer Schwester von Porquerolles weggezogen. Das hatte er schon gedacht, als er das Depot der Marinepioniere auf Porquerolles von weitem gesehen hatte, dessen Tür sich nur noch in einen leeren Raum öffnete, ohne Leben, vollgestellt mit altem Fischereigerät und verschiedenem Kram.

Er musste gar nicht erst nachsehen, denn er hatte es bereits verstanden, als er Frans zu Gesicht bekam, dem Hose und Hemd in Fetzen herabhingen.

Früher hatte er sich noch regelmäßig rasiert. Fast immer hatte er glatte Wangen gehabt, aber jetzt waren sie mit rötlichen Barthaaren von einem guten Zentimeter Länge bedeckt. Am Vorabend hatte er ihn ein wenig abseits vom Hafen, unweit der Müllkippe, vor einem Feuer zwischen zwei Steinen hocken und ein paar Fische in einem Topf kochen sehen.

Mit plumpen Tricks hatte der Doktor versucht, bei den Boulespielern das Gespräch auf das eine Thema zu bringen, das ihn erröten ließ wie einen Schuljungen.

»Élisabeth? Die ist fort. Die junge Frau weiß, was sie will! Wenn Sie ihr in Hyères begegneten, würden Sie sie nicht wiedererkennen …«

Die Nonnen hatten ihr das Nähen beigebracht, und

sie war, wie es hieß, eine hervorragende Weißnäherin geworden. Um ihren Bruder kümmerte sich inzwischen der Musiker, der in einer Villa in Hyères wohnte und ihn unterrichtete.

Eines schönen Tages war sie fortgegangen und hatte ihre kleine Schwester mitgenommen, die jetzt etwa zehn Jahre alt war.

»Die kommt nie wieder nach Porquerolles. Sie hat viel Arbeit. Frans ist es recht so. Er besucht sie von Zeit zu Zeit, etwa einmal im Monat. Man weiß es schon im Voraus, weil er dann immer seine Hose wäscht und sie zum Trocknen auf die Mole legt. Er rasiert sich und leiht sich von einem Fischer Schuhe. Offenbar kauft er in Hyères Süßigkeiten, bevor er zu seinen Töchtern geht. Anschließend fährt er nach Toulon und beginnt dort eine gigantische Sauftour ...«

Unter welchem Vorwand sollte der Doktor ihr einen Besuch machen? Wenn bloß die Frauen aus dem Bordell nicht auf dem Gehsteig gelegen hätten! So etwas hatte er noch nirgends gesehen. Niemand schien daran Anstoß zu nehmen.

Er ging ein zweites Mal die Straße hinauf, und zwanzig Meter vor den Frauen bog er ab und betrat das Haus. Das Herz schlug ihm bis zum Hals. Ein paar Sekunden blieben ihm noch, um einen Vorwand zu finden.

Der Boden war grau. Überall standen Türen offen, die meisten mit Perlen- oder Stoffvorhängen verziert. Es kam ihm so vor, als beobachteten ihn hinter diesen Vorhängen unsichtbare Augenpaare, und da er nicht wusste, wen er fragen sollte, stieg er unbeholfen die Treppe hinauf.

In dem Haus mussten viele Parteien wohnen. Der Treppenabsatz im ersten Stock war größer als ein Zimmer, und man sah dort einen Kinderwagen, einen Waschzuber, herumliegendes Spielzeug. Doktor Mahé näherte sich einer Tür, vor der kein Vorhang hing, räusperte sich und klopfte diskret an.

Drinnen rührte sich jemand, das Korbgeflecht eines Sessels knackte, er sah das Rot einer Geranie auf einem Fensterbrett, einen flatternden Vogel in einem Käfig; und schließlich erschien ein kleiner, alter Mann mit Stock, eine Eisenbahnermütze auf dem Kopf. Der Mann musterte ihn wortlos, wie ein Gespenst, und seine Augen waren im Halbschatten so leer, dass der Doktor sich fragte, ob er nicht einen Irren vor sich hatte.

Er sprach leise, wegen der vielen offenen Türen, der vielen Ohren, die hinter den Wänden des Hauses horchten.

»Entschuldigen Sie, Monsieur... Ich suche Mademoiselle Klamm...«

Wenn der Alte ihn nicht verstand, würde er nicht weiterbohren und gleich wieder gehen, das hatte er sich fest vorgenommen. Dennoch hakte er nach:

»Mademoiselle Élisabeth...«

Der andere überlegte. Er hatte nicht verstanden. Doch! Der Name hatte etwas ausgelöst, denn er zog die Brauen zusammen und wies schließlich auf die Decke über seinem Kopf. Er konnte sogar sprechen. Er sagte mit brüchiger Stimme:

»Ich führe Sie hinauf...«

Aber wie er ihn so zerbrechlich auf seinen Stock gestützt sah, befürchtete der Doktor schon eine peinliche Szene im Flur oder im Treppenhaus.

»Ich finde schon selber hin... Entschuldigen Sie die Störung...«

Er eilte in den zweiten Stock hinauf, während der Alte unbeweglich in seinem Türrahmen stehen blieb. Wenn es das Zimmer genau darüber war...

Er klopfte an eine geschlossene Tür. Eine sehr junge Stimme sagte sofort:

»Herein.«

Er wurde knallrot. Noch nie im Leben war er so verlegen gewesen. Er stand in einem großen Zimmer, in einem Zimmer, das später in seiner Erinnerung immer größer werden sollte. In diesem riesigen Raum saß mit dem Rücken zum Fenster ein kleines Mädchen am Tisch und blätterte in einem Buch.

Er hatte sie zunächst nicht wiedererkannt und gestottert:

»Mademoiselle Klamm?...«

»Die wohnt hier...«

Das kleine Mädchen rutschte vom Stuhl und schlug ein Buch zu, das mit seinem roten Einband und Goldschnitt aussah wie ein Schulpreis.

Sie war sauber, hübsch angezogen, mit einer rot-weiß karierten Baumwollschürze. Sie hatte keine Angst vor ihm. Er fragte sich, ob sie ihn wiedererkannte. Aber das war unwahrscheinlich.

»Sie wollen Élisabeth besuchen?«

»Ja, deine Schwester...«

»Sie ist gerade weggegangen, um Arbeit auszuliefern... Wenn Sie warten wollen...«

Als wohlerzogenes Mädchen bot sie ihm einen Stuhl an,

und da er nicht wusste, was er tun sollte, setzte er sich, den Hut auf seinen Knien. Vor sich sah er die geschlossenen Jalousien des Hauses gegenüber. Vielleicht beobachtete ihn jemand durch die Schlitze? Es hatten ihn Leute hinaufgehen hören. Das ganze Haus wusste, dass er sich in diesem Zimmer aufhielt und dass das kleine Mädchen mit der karierten Schürze ihm, der Bestie, schutzlos ausgeliefert war.

Sie hatte keine Lust zu reden. Zwei Meter von ihm entfernt pflanzte sie sich auf, musterte ihn neugierig und hatte immer noch keine Angst.

»Kommt sie bald zurück?«

»Ich weiß nicht …«

Eine Tür führte in ein weiteres Zimmer, vermutlich ein kleineres. Man konnte nicht hineinsehen, denn die Tür war angelehnt.

Im Zimmer, in dem er sich befand, gab es einen großen Tisch mit einer Wachstuchdecke, ein Bett und ein Gitterbett – sicher das der Kleinen, die Madeleine hieß, dem Doktor war plötzlich ihr Name wieder eingefallen.

Am meisten überraschte ihn die Tagesdecke auf dem großen Bett, eine weiße, gesteppte Tagesdecke, ähnlich wie diejenige, die er als Zwölfjähriger gehabt hatte. Er sah sie wieder vor sich, in seinem Zimmer auf dem Land, von einem schrägen Sonnenstrahl beschienen. Er hörte die Stimme seiner Mutter, wie sie ihn ermahnte, wenn er sich vollständig angezogen auf sein Bett warf:

»Nimm wenigstens die Tagesdecke ab …«

Seltsamerweise war ihm diese Decke später wieder begegnet, in Paris, in der Pension von Madame Chaminade hinter dem Panthéon. Madame Chaminade, die auf ihre Sachen achtete und sich wöchentlich vergewisserte, dass niemand die Möbel angestoßen hatte, schärfte ihren Pensionsgästen immer wieder ein:

»Es wäre sehr nett, wenn Sie bei Ihrem Nachmittagsschläfchen die Tagesdecke abnehmen würden…«

Und jetzt, hier, auf Élisabeths Bett, begegnete ihm diese Decke zum dritten Mal. Er sah sich um. Er wusste bereits, dass er nie vergessen würde, wo der kleinste Gegenstand gestanden hatte. Es gab eine Nähmaschine vor dem Fenster, einen kleineren Tisch mit angefangenen Näharbeiten, einen Gaskocher und eine Art Truhe, gebraucht gekauft. Alles war sauber und glänzte.

»Ich glaube, ich komme später noch mal«, stotterte er.

Er konnte nicht länger da sitzen bleiben unter dem neugierigen und wohlwollenden Blick des Kindes. Was sich ein zehnjähriges Mädchen wohl denken mochte? Sie war ungefähr im selben Alter wie seine Tochter. Wenn Jeanne redete, hörte er manchmal hin, bisweilen lächelte er über ihre Einfälle, aber er hatte sich nie gefragt, was in ihr vorging. Doch seine Tochter hatte sich auch nie so vor ihm aufgebaut und ihn gemustert.

Er erklärte:

»Ich bin ganz zufällig vorbeigekommen und wollte fragen, ob deine Schwester für meine Frau nähen könnte…«

Darauf die Kleine, schon sehr erwachsen:

»Dazu kann ich Ihnen nichts sagen. Ich weiß nur, dass sie allerhand zu tun hat…«

»Ich komme später noch mal vorbei…«

Sie machte die Tür auf und streckte ihm die Hand hin.

Es war vorbei. Er ging, und ein Stein fiel ihm vom Herzen. In ein paar Augenblicken würde er wieder auf der Straße sein und sich den Blicken der Frauen stellen müssen, die draußen auf dem Gehsteig lagen. Er fürchtete nur eins: Élisabeth im Treppenhaus zu begegnen. Wenn sie ihn nicht erkannte – vielleicht sah sie ihn gar nicht an? –, würde er mit gesenktem Kopf an ihr vorbeigehen. Wenn sie ihn aber erkannte …

Er erreichte glücklich die Halle, den Gehsteig und eilte mit großen Schritten zum Stadtzentrum zurück. Er hatte sie nicht gesehen, aber das machte nichts, es war vielleicht sogar besser so.

Großartig wäre es, wenn er ihr zufällig an einer Ecke der abschüssigen Altstadtgässchen begegnen würde, wo in allen Häusern kleine Geschäfte waren.

Er hatte noch Zeit. Der Bus fuhr erst um vier. In den malerischen Gässchen war trotz der Mittagszeit menschliches Leben auszumachen. Einfach, sehr ärmlich, und trotzdem friedlich und beruhigend; es war keine schmutzige, sondern eine fast selbstbewusste Armut. In der Sonne schimmerte der Putz der Häuser fast golden. Sie drängten sich aneinander, mit unerwarteten Einbuchtungen und Vorsprüngen. Die Geschäfte waren niedrig, man konnte mit der Hand die Decke erreichen, an manchen Stellen hätte man die Fenster im ersten Stock berühren können.

Ein Metzger saß auf seiner Türschwelle, vor seinem blutrot gestrichenen Haus, auf sägemehlbestreuten Fliesen; er hing mit verschränkten Armen auf seinem umgedrehten Stuhl, eine Fliege auf einem Augenlid, und schnarchte mit halboffenem Mund.

Direkt daneben Stapel von italienischem Käse, Fässer mit Anchovis oder Stockfisch, Schinken. Gerüche vermischten sich, Fliegen summten, das Wasser aus einem Brunnen plätscherte wie ein Bächlein in den Rinnstein.

Er hätte bloß seine Leinenhose anhaben müssen, ein Hemd und Sandalen, und schon hätte er sich so frei wie Polyte von einem Bus in den nächsten schwingen können.

Er traf Élisabeth nicht. In der Altstadt konnte er sie wohl gar nicht treffen, da sie als Weißnäherin gewiss für reiche Leute arbeitete. Er hätte sie in den platanenbestandenen, von Gitterzäunen gesäumten Avenuen suchen müssen, wo Wassersprenger sacht den Rasen berieselten.

Dort ging er nicht hin. Er hatte Angst, Angst vor allem vor dem ersten Schock ihres Anblicks. Er dachte an die Steppdecke, schneeweiß auf dem Bett, ordentlich zurechtgezogen, sah wieder das kleine Mädchen mit den Ellbogen auf dem Tisch vor sich, wie es die Seiten seines roten Buchs mit Goldschnitt umblätterte.

Plötzlich merkte er, dass er sich unweit der Bushaltestelle befand, und ging in eine Bar. An der Theke standen ein paar Männer, die bei seinem Eintreten verstummten und ihn neugierig musterten.

Männer wie Polyte. Sie hatten dieselbe Geschmeidigkeit, dieselbe gelassene Haltung, denselben vermeintlich ironischen Blick. Der Wirt, ein schmächtiger Mann mit hochgekrempelten Ärmeln, war vom selben Schlag.

»Einen Pastis?«

Einer der Männer trug eine grüne Hose und Krokodillederschuhe. Er hatte sein Sakko lässig über den Arm geworfen. Hin und wieder sah er nach draußen.

»Er hat Verspätung…«

Er wartete auf den Bus aus Nizza. Bisweilen glitten Autos vorüber, große Limousinen mit Chauffeur, die man nur flüchtig wahrnahm – ein Luftzug, ein Flüstern auf dem Asphalt, an diesem Boulevard, der sich von Nizza bis Marseille entlangzog. In einer Stunde würden diese Männer in einer vergleichbaren Bar an einem andern Punkt des Boulevards anzutreffen sein, in Saint-Raphaël, in Cannes oder in Antibes…

»Was hat Pierre gesagt?«

»Dass er ihn findet. Bei Pierre habe ich keine Angst…«

»Angst muss eher Jules haben…«

Und sie beobachteten ihn immer noch, musterten von oben herab diesen dicken Mann, dem heiß war und der da in ihrer Mitte gelandet war wie eine Hummel im Bierglas.

Fast jeden Tag, kurz vor der Boulepartie, wenn seine Frau noch mit den Kindern am Strand war – sie fühlte sich jetzt etwas wohler, denn sie hatte Bekanntschaft mit der Frau eines Kleinindustriellen aus Roubaix gemacht –, ging er gegen fünf Uhr mit den Händen in den Taschen bis zum Haus von Doktor Lepage.

Er ging nicht vorn hinein, sondern nahm den Weg um das Haus herum. Mit einem Blick über die Hecke vergewisserte er sich, dass sein Kollege wie immer in seinem Liegestuhl unter dem Feigenbaum lag und entweder mit geschlossenen Augen vor sich hin döste oder in das ebenmäßige Blau des Himmels starrte.

»Störe ich?«, fragte Mahé dann jedes Mal durch die Hecke.

Gleich danach hörte man das Gartentor quietschen.

»Nehmen Sie doch Platz ...«

»Es lohnt sich nicht ... Es ist gleich Zeit für das Boulespiel ...«

Denn inzwischen spielte er jeden Abend eine Partie Boule mit den Ortsansässigen, mit Gène, mit Polyte, mit den beiden Brüdern Cabrini und den anderen. Man wartete auf ihn. Man kam ihn holen, wenn er sich verspätete. Dann rief man ihm zu:

»He! Doktor ... An die Arbeit ...«

Und er ging seine Kugeln aus einem Korb bei Maurice holen. Er zielte mit Hingabe, die Zungenspitze an der Oberlippe, dann sah er den anderen beim Spielen zu, die Brauen zusammengezogen, darauf aus, hinter ihre Tricks zu kommen.

Der Garten von Doktor Lepage war winzig, aber das fiel nicht auf, weil darin ein wahres Dickicht von Pflanzen aller Art wucherte. Zudem standen überall Blumen herum, über die man bei jedem Schritt stolperte. Es gab einen Brunnen, aus dem die Haushälterin Wasser schöpfte, und das Quietschen der Pumpe war Doktor Mahé bereits vertraut.

»Schöner Tag heute ...«

»Sie sind nach Hyères gefahren?«

»Ich bin in der Altstadt spazieren gegangen, sie ist sehenswert ...«

Sie brauchten einander nichts zu sagen und konnten sich gegenseitig nichts vormachen. Mahé wusste, dass Lepage ein gerissener Kerl war. Womöglich noch raffinierter, hartgesottener als ein Rosstäuscher von Saint-Hilaire! Lepage sprach nie wieder von seinem Wunsch, die Insel zu verlassen, und wenn man ihn nach seiner Gesundheit fragte, tat er gleichgültig, ja, sogar erstaunt.

»Mir geht es hervorragend ...«

So hervorragend, dass er einer Lampe kurz vor dem Erlöschen glich. Seine Haut war farblos, wie sein Haar, das einmal blond gewesen waren. Von Zeit zu Zeit hustete er, dann steckte er sein Taschentuch wieder ein und murmelte:

»Es ist nichts ...«

Er behandelte seine Tuberkulose offenbar mit Kreosot, denn das ganze Haus stank danach.

Es war ein altes, ungemütliches Haus. Vom Garten stieg man zwei Stufen in die mit kleinen roten Fliesen ausgelegte Küche hinunter. Die weißgekalkten Wände waren seit Jahren nicht mehr abgewaschen worden. Der Herd wurde nicht benutzt, gekocht wurde in zwei Töpfen auf einem Holzkohlenfeuer und auf einem Butangaskocher. Alles war verwahrlost und dreckig. Und trotzdem kam Doktor Mahé immer wieder, gleichsam magisch angezogen von den rosa Lichtreflexen auf den Fliesen und dem Summen der Fliegen. Das Trinkwasser wurde in einem Tongefäß aufbewahrt, und er bat die Haushälterin, die ohne Grund eine Abneigung gegen ihn hatte, um ein Glas Wasser.

Er kannte auch andere Zimmer des Hauses. Nur die Schlafzimmer nicht, denn sein Kollege hatte ihn nie aufgefordert, ihn in den ersten Stock zu begleiten.

Zu jeder beliebigen Tageszeit herrschte da drinnen Halbdunkel, und wenn man von draußen hereinkam, fand man sich nur tastend zurecht, bis die Augen sich an das

Dämmerlicht gewöhnt hatten. Nicht ein einziges Mal hatte er die Fensterläden offen gesehen.

Im Anbau gab es einen schmalen Raum, der als Apotheke diente, mit einer alten, schwarzlackierten Theke, ein paar angeschlagenen Töpfen, Flaschen in einem Regal, Spezialtinkturen, und auf dem Boden angebrochene Medikamentenschachteln.

Das angrenzende Sprechzimmer war nicht weniger armselig, mit seinen abgestoßenen Emaillegegenständen, den überall herumliegenden roten Gummischläuchen und einer Untersuchungsliege, die mit einem völlig abgewetzten grauen Wachstuch bezogen war.

Ein Wohnzimmer gab es auch, sogar mit einem Bett darin, wie der Doktor mit einem flüchtigen Blick durch die angelehnte Tür feststellte. Schlief Lepage etwa da?

Jeden Abend oder fast jeden Abend schaute er bei Lepage vorbei und setzte sich kurz zu ihm in den Garten. Und jeden Abend lag es ihm auf der Zunge zu sagen:

›Nun, wann treten Sie mir Ihre Stelle ab?‹

Élisabeth war nach Hyères gezogen, aber das änderte nichts an seinen Plänen.

Die ahnungslose Hélène lebte weiter wie ein beliebiger Pensionsgast von Madame Harmoniaux als Urlauberin auf der Insel. Sie hatte sich inzwischen so weit eingewöhnt, dass ihre neue Umgebung für sie nur noch eine Kulisse war, die sie gar nicht mehr wahrnahm.

Jeden Morgen stand sie auf, zog die Kinder an, ging zum Frühstück in den blitzblanken Speisesaal hinunter. Die Tasche mit der Handarbeit und den Spielsachen der Kinder war gepackt, denn anschließend würden sie langsam zum Strand spazieren und Hélène sich immer wieder nach ihrer neuen Freundin aus Roubaix umdrehen, die alsbald zu ihnen stoßen würde.

Es wäre ihr nie in den Sinn gekommen, einen Badeanzug anzuziehen, und noch weniger, im Meer zu schwimmen.

Und weil das Licht auf dem Wasser sie blendete, setzte sie sich meist mit dem Rücken zum Meer, den Kopf über ihre Handarbeit gesenkt.

Sie schrieb an ihre Schwestern, an Madame Péchade und andere Leute daheim und berichtete ihrem Ehemann dann, was diese zurückschrieben.

»Stell dir vor, François, die kleine Bailleux ist schon wieder schwanger… Dabei sollte ihr Mann doch inzwischen wissen, dass es nur wieder eine Fehlgeburt gibt…«

Er hörte nicht hin, sondern ging zum Hafen, um die ›Cormoran‹ ankommen zu sehen. Dann las er die Zeitung auf der Terrasse bei Maurice, trank ein Glas Weißwein dazu und betrachtete aus der Ferne Doktor Lepages Haus, das ihm, wie die Gässchen der Altstadt von Hyères, jedes Mal hübscher und eindrucksvoller vorkam.

Er ging zum Hafen zurück, trödelte herum und errötete vor Freude, wenn ihn jemand wie einen alten Bekannten ansprach.

»He! Doktor… Wenn Sie schon nichts zu tun haben, helfen Sie mir doch mal grade das Netz da zusammenzulegen…«

Merkwürdigerweise traute er sich nicht, Frans anzusprechen, um den er allerdings häufig herumstrich. Hatte der ehemalige Legionär das etwa noch nicht gemerkt?

Er schleppte sich durch seine Tage, wie man durch warmen Sand geht, mit dem ständigen Gefühl einzusinken. Und gegen fünf Uhr betrat er mit schon schwerem Kopf den Garten seines Kollegen und wusste, dass er sich noch immer nicht trauen würde, ihn offen zu fragen.

Es war unglaublich, zu was für Phantasien er sich von der Sonne hatte hinreißen lassen, eine abenteuerlicher als die andere. Er hatte sich sogar vorgestellt, dass er sich beispielsweise ein Bein brechen und deswegen bei Ferienende nicht von der Insel wegkönnte. Wegen der Schule würden seine Frau und seine Kinder nach Saint-Hilaire zurückfahren müssen, und er hätte endlich Zeit für sich.

Aber was dann?

Errötend ließ er seine Phantasie weiterschweifen, aber das, was er jetzt dachte, war noch lächerlicher und widerstrebte ihm auch. Alle waren sich einig, dass er sich seit dem Tod seiner Mutter verändert hatte, und sogar das Wort »Neurasthenie« war gefallen. Vielleicht sollte er Péchade schreiben und ihn um eine Gefälligkeitsdiagnose bitten? Péchade würde ganz bestimmt kommen, unter dem Vorwand einer kleinen Luftveränderung, und Mahé würde ihm selbstverständlich die Reisekosten erstatten. Péchade konnte Hélène doch sicher davon überzeugen, dass ihr Mann noch nicht nach Saint-Hilaire zurück sollte, weil seine Kur noch nicht angeschlagen hatte …

Er tadelte sich selbst und entschuldigte sich im Geist bei seiner Mutter, ihren Tod so skrupellos – und sei es nur in Gedanken – auszunutzen.

Dann ärgerte er sich. Wem war er überhaupt Rechenschaft schuldig? Hatte er denn nicht das Recht, ein Leben nach seinen Vorstellungen zu führen?

Aber ja doch. Unter anderen Umständen wäre alles viel einfacher gewesen. Wenn er etwa Ehrgeiz entwickelt und davon geträumt hätte, sich in einem größeren Ort oder gar in einer Großstadt niederzulassen.

Hélène hätte sich dort ebenso schwer eingewöhnt, aber er hätte dann ohne zu erröten sagen können:

›Hier in Saint-Hilaire habe ich keine Zukunft … Ich will viele Patienten haben und Geld verdienen …‹

Am heikelsten war, Hélène – oder wen auch immer! – vor das Haus von Doktor Lepage zu führen und zu gestehen:

›Hier möchte ich von nun an leben …‹

Vor lauter Grübeln bekam er schließlich eine große Querfalte auf der Stirn, und manchmal, wenn er sich seiner Gedanken schämte, wich er dem Blick der anderen aus.

»He! Doktor … Heute keine Lust zu arbeiten?«

Und dann stotterte er die Worte, die für den trägen Lepage bestimmt waren:

»Ich werde zum Boulespiel erwartet …«

So ein Drecksack! Ja, dieser Drecksack Lepage wusste genau Bescheid, er durchschaute ihn. Ist es nicht ein Elend, wenn man in seinem Alter noch von einem so kindischen Wunsch geplagt wird und doch nicht davon lassen kann?

Er ging über den Platz, um seine Kugeln zu holen, und sagte zu Jojo, die hinter der Theke stand:

»Kann ich einen kleinen Pastis haben? …«

Noch vor dem Spiel. Die andern tranken erst hinterher. Die andern hatten aber auch nicht so gute Gründe dafür wie er. Er wurde erwartet. Da standen sie, blau im Goldgelb des Platzes, mit den weißen Flecken der Hemden und der kleinen ockerfarbenen Kirche, die das Blickfeld abschloss.

»Sie spielen heute mit mir, Doktor … Sie dürfen das Schweinchen werfen …«

Élisabeth war sicher längst wieder zu Hause. Ihre Schwester hatte ihr bestimmt ausgerichtet, dass ein Herr da gewesen sei. Was für ein Herr? Worauf ihn die Kleine näher beschrieben hatte: ein dicker Herr, mit einem ganz roten Gesicht, der alles um sich herum genau inspiziert hatte und dem sehr heiß gewesen war …

Auch ihr Bruder Georges musste schon zurück sein, mit seinem Geigenkasten in Trauerschwarz und seinem Haar, das er lang wachsen ließ.

Was würden sich die drei wohl am offenen Fenster erzählen, durch das das Geklimper des elektrischen Klaviers hereindrang? Wenn sie sich hinausbeugten, konnten sie Männer schuldbewusst die steile Straße hinaufschleichen und hastig im Bordell verschwinden sehen.

Der Doktor hatte geworfen. Jetzt wartete er, die zweite Kugel in der Hand. Der Pastis schmeckte ihm noch nicht richtig. Er trank ihn, ohne zu wissen, warum, vielleicht weil er wie die Gegend roch und auch so aussah.

Der Doktor hatte zugenommen. Sein Ledergürtel schnürte ihm den Bauch ein.

»Los, Gène, nun wirf schon! …«

Und Gène zielte lange, in einer Pose, als wollte er gleich losfliegen. Er sprang, machte drei federnde Schritte. Die Kugel beschrieb eine Parabel und schlug mit einem satten Klacken die gegnerische Kugel weg. Darauf wandte sich

Gène betont gleichgültig ab, als wäre Boule für ihn ein Kinderspiel.

»Sie sind dran, Doktor …«

Plötzlich tat es ihm leid, dass er nicht auf Élisabeth gewartet hatte. Jetzt würde es ihm sehr viel schwerer fallen, noch mal hinzugehen. Was sollte er sagen? Oder er müsste ihr wirklich Wäsche zum Nähen bringen. Hélène aber flickte ihre Weißwäsche selbst …

Ihm war heiß. Er grübelte weiter, mit derselben Falte auf der Stirn, und das Schlimmste war, dass er nicht einmal mehr genau wusste, worüber er so verzweifelt grübelte.

Plötzlich fiel ihm ein Satz ein, den Gène über Doktor Lepage gesagt hatte, welcher den größten Teil seiner Tage in seinem Garten im Liegestuhl verbrachte. Gène hatte gesagt:

»Ich sage euch, der Mann da fährt vor Langeweile fast aus der Haut!«

8

Der Sieg der Rotbrassen

Bist du dir eigentlich bewusst, dass wir übermorgen abreisen, François?«, hatte ihn seine Frau beim Mittagessen gefragt.

Es hatte Meerbarben gegeben; er sah den violetten Fleck auf seinem Teller wieder vor sich. Es war Mittwoch. Sie mussten am Freitag von der Insel wegfahren, um am Samstagabend in Saint-Hilaire zu sein. Das war das Datum, das er mit dem Praxisvertreter vereinbart hatte, der anschließend jemanden in den Bergen besuchen wollte.

»Man könnte meinen, du hättest es völlig vergessen …«

Er hatte noch nicht mit Packen begonnen. Auch hatte er in den zwei Wochen, seit er bemerkt hatte, dass die Autobatterie leer war, noch nichts unternommen, um sie wieder aufladen zu lassen. Für seine Fahrten nach Hyères nahm er den Bus.

Was denn packen? Er hatte nicht nachgefragt. Hélène hatte bereits die Kinderspielsachen und den Großteil der Kleider eingepackt. Wie er sie kannte, würden sie schon am nächsten Tag die Reisesachen anhaben.

Wusste er bereits, dass er nicht fahren würde?

Jedenfalls hatte er noch immer nicht mit Doktor Lepage gesprochen, der weiterhin in seinem Liegestuhl vor sich hin döste.

Er hatte Élisabeth nicht wiedergesehen. Vielmehr war er nicht sicher, ob er sie gesehen hatte, und das machte ihm noch mehr zu schaffen. Dreimal war er noch nach Hyères gefahren, das erste Mal an einem Vormittag, als das Haus auf der sonnenbeschienenen Straßenseite lag und alle Jalousien geschlossen waren. Diesmal hatten keine Frauen auf dem Gehsteig geschlafen. Er war auf und ab gegangen, ohne sich hineinzutrauen, und hatte Georges aus dem Haus kommen und in die Stadt hinuntergehen sehen, seinen Geigenkasten unter dem Arm; er war ein schlanker junger Mann geworden, mit lebhaften Augen und bebenden Nasenflügeln.

Beim zweiten Mal hatte er unten an der Rue des Remparts die kleine Madeleine getroffen, als sie mit einer Handvoll Münzen zum Lebensmittelhändler ging. Sie hatte ihn wiedererkannt, denn sie hatte ihn etwas erstaunt angesehen und sich wohl gefragt, warum er jetzt, wo ihre Schwester Élisabeth da war, nicht zu ihr hinaufging.

Er hatte sich nicht getraut, gerade weil er wusste, dass sie in dem großen, luftigen Zimmer allein war. Vielleicht kam er im Grunde gar nicht nach Hyères, um sie zu sehen?

Das dritte Mal stieg er gerade aus dem Bus, als es ihn wie ein Schlag traf. Ein junges Mädchen ging mit energischen Schritten an den Häusern entlang. Sie trug ein dunkelblaues Kleid und einen kleinen blauen Strohhut auf dem goldblonden Haar. Er sah das Profil nur undeutlich. Er spürte mehr, als dass er mit Sicherheit sagen konnte, dass sie es war; um ganz sicher zu sein, hätte er nur ein paar Dutzend Meter zu laufen, sie zu überholen, ihr vor einem Schaufenster abzupassen oder wieder entgegenzugehen brauchen. Zuerst hatte er es vor, blieb dann aber reglos am Bordstein stehen und sah ihr nach, bis sie um die nächste Straßenecke verschwunden war. Erst dann lief er hinterher, blieb allerdings schon bald wieder stehen und betrat die kleine Bar, in der er nachgerade Stammgast war.

In der Nacht darauf hatte er zum ersten Mal *seinen* Traum gehabt. Es war etwas ganz Besonderes. Er wagte mit niemandem darüber zu sprechen, aus Angst, ausgelacht zu werden. Dafür musste er sich allerdings abends vor dem Einschlafen erst in die richtige Stimmung versetzen – er nannte das »den Zustand der Gnade«. Er trank einige Gläser mehr als sonst, bis sein Bewusstsein ein bisschen verschwamm und er weich in seinen Traum hinüberglitt.

Er lag auf der rechten Seite und ließ nacheinander eine Reihe von Bildern an sich vorbeiziehen. Dann schlummerte er ein. Meistens stellte sich der Traum dann doch nicht ein, und am nächsten Morgen wachte er ganz enttäuscht auf. Ein andermal begann der Traum, und Mahé spürte, wie er anfing, versuchte ihn mit ganzer Kraft voranzutreiben, bis er jäh erwachte und auf die lichtdurchfluteten Ritzen der Jalousien sah.

Diesmal aber schaffte er den ganzen Traum. Es war am Morgen nach Alfreds Besuch im Depot der Pioniere gewesen. Er ging über den Platz, wo er niemanden antraf. Auch am Hafen war keine Menschenseele. Es musste noch sehr früh sein, denn die Insel war wie ausgestorben, und alle Farben waren mit einem milchigen Schleier überzogen.

Er stieg die steile Gasse hinauf und sah, dass die Tür offen stand; demnach wurde er erwartet. Er trat ein, wusste, sie war da und allein. Sie sah ihm mit einem wehmütigen Lächeln entgegen, wehmütig, aber nicht böse, nicht nachtragend. Sie trug ihr rotes Kleid, das ihr zu kurz geworden war.

Da machte sein Herz einen Sprung, und er sagte zu ihr:

»Da bin ich …«

Die Wehmut verschwand aus Élisabeths Lächeln. Ganz selbstverständlich ließ sie sich von ihm in die Arme nehmen, kuschelte sich hinein wie in eine natürliche Fluchtburg, und er sagte noch:

»Ich konnte nicht anders! … Ich hab dich so lieb …«

Sie wollte etwas sagen. Er wusste schon, was jetzt kam:

»Ich hab's gewusst …«

Aber seltsamerweise hörte er ihre Stimme nicht.

»Jetzt bin ich da, um dich für immer mitzunehmen …«

Dann war es vorbei. Oder vielmehr kam dann etwas Unbeschreibliches. Sie gingen nicht wirklich fort, jedenfalls gingen sie nirgendhin, denn er nahm keine Veränderung der Landschaft wahr. Es war kein äußerliches, sondern ein inneres Fortgehen, eine Art Aufbäumen, worauf er schlagartig erwachte. Er wusste, dass sein Traum zu Ende war, und fühlte sich so erschöpft wie nach einer übermenschlichen Anstrengung.

In derselben Nacht hatte er noch einen andern Traum gehabt, ob vor oder nach dem Traum mit Élisabeth, wusste er nicht mehr. Seine Stirn war von jenem Traum immer noch gerunzelt. Es war schwer zu sagen, wo der Traum genau gespielt hatte. Es war auf einem Platz gewesen, ähnlich dem Hof seiner Grundschule und dem Marktplatz von Saint-Hilaire.

Da stand er und musste fort, er wusste, es gab zwingende Gründe für ihn fortzugehen. Aber er war umringt von Leuten, so wie an manchen Abenden die Touristen auf dem Platz von Porquerolles die Boulespieler umringten. Mit dem Unterschied, dass die Umstehenden strenge Mienen aufgesetzt hatten, »undurchdringliche« Mienen – das Wort kam in seinem Traum vor –, und dass sie einen geschlossenen Kreis um ihn bildeten, wie bei einem Spiel, an dessen Namen er sich nicht erinnern konnte.

Gehörte es zum Spiel, dass sie ihn daran hinderten, aus dem Kreis auszubrechen?, fragte er sich stirnrunzelnd. Forschend blickte er in die ernsten Gesichter, immer in der Hoffnung, der eine oder andere würde sich ein Lächeln nicht verkneifen können oder sie würden gar alle in Gelächter ausbrechen, weil sie ihm einen so gelungenen Streich gespielt hatten.

Er kannte sie alle. Manche Gesichter waren ihm ganz vertraut, es waren Tanten, Onkel, Cousins, Cousinen, alle aus der Familie Mahé. Andere waren ihm fast fremd, aber er wusste, dass sie ebenfalls Mahés waren, die zu den vielen Hausfassaden gehörten, auf denen sein Name draufstand.

Er wollte kein Spielverderber sein. Lächelnd trat er vor die weniger streng Dreinblickenden, um mit einer gemurmelten Entschuldigung zwischen ihnen durchzuschlüpfen.

Doch niemand machte ihm Platz. Er drehte sich im Kreis, schwitzte vor Angst. Er musste dringend hier raus, jede Minute zählte. Er spürte, wie er vor hilfloser Wut rot anlief.

»Ihr haltet euch wohl für besonders schlau! Wollt ihr mich jetzt endlich durchlassen? Ihr wisst genau, dass ich *unbedingt* …«

Und plötzlich waren es keine Männer und Frauen mehr, die ihn umringten, sondern Grabsteine. Trotzdem blieben sie irgendwie erkennbar, behielten die Gesichtszüge der verstorbenen Männer und Frauen bei.

Jetzt aber träumte er nicht. Er hatte einen Tag hinter sich, der ihn völlig zermürbt hatte, weil er andauernd an den einen oder anderen Traum denken musste. Er ging über den Platz, und seine Schritte wurden immer langsamer, je näher er Lepages Haus kam. Der Doktor schleppte sich auf bleischweren Beinen zur Hecke, und sein Herz hüpfte (vor Hoffung?, aus Enttäuschung?), als er sah, dass der Liegestuhl unter dem Feigenbaum leer war. Er stieß die Tür auf. Die Haushälterin brummte:

»Der Doktor ist in seinem Sprechzimmer …«

»Hat er einen Patienten?«

»Nein … Er hat den ganzen Tag gearbeitet … Kommen Sie mit …«

Ohne diese Aufforderung wäre er nicht hineingegangen. Er folgte ihr durch den schmuddeligen Flur und klopfte an eine dunkle Tür.

»Kommen Sie herein, Doktor …«

Er träumte nicht mehr, das stand fest. Es war fünf Uhr nachmittags. Er war hellwach, hatte alle seine Sinne beisammen, aber trotzdem war es wie ein Traum zu sehen, wie der blasse Doktor Lepage im Halbdunkel seines

Sprechzimmers saß und ihm, ohne aufzustehen, einen Stuhl anwies.

»Ich bin gekommen, um ernsthaft mit Ihnen zu reden«, sagte er unvermittelt, um es hinter sich zu bringen. »Vor vier Jahren, ja, bereits vor vier Jahren, haben Sie mir erzählt, Sie würden zu gegebener Zeit zu Ihrer Schwester in die Voralpen ziehen …«

Der andere machte eine unbestimmte wegwerfende Handbewegung.

»Ich wäre bereit, Ihre Praxis zu übernehmen …«

Erst da wurde alles wieder zum Traum. Denn auf dem Schreibtisch waren Papiere verstreut, mit zierlicher Handschrift bedeckt, Zahlenkolonnen und Endsummen unten auf den Seiten.

»Ich hatte schon damit gerechnet«, sagte Doktor Lepage mit seiner zugleich sanften und kalten Stimme, »und deshalb heute den ganzen Tag Inventur gemacht …«

Doktor Mahé begriff nicht.

»Mir war klar, dass Sie mich heute oder morgen darauf ansprechen würden, weil eigentlich Ihre Abreise für Freitag feststeht … Also, verlieren wir keine Zeit …«

Mahé wurde rot. Er spürte, dass man ihm gerade die Entscheidungsfreiheit genommen hatte, und außerdem, dass er wochenlang an der Nase herumgeführt worden war. Denn seit Wochen hatte Lepage von seinem Liegestuhl aus verfolgt, wie bei Mahé die fixe Idee heranreifte, und eine so exakte Diagnose gestellt, dass er sich termingerecht – nicht einen oder zwei Tage zuvor – an die Arbeit gemacht hatte.

Er hätte schulterzuckend wieder fortgehen sollen. Er

hätte viel darum gegeben, das tun zu können. Stattdessen murmelte er:

»Inventur wovon?«

»Wenn ich bei meiner Schwester einziehe, was äußerst wahrscheinlich ist, sofern wir uns einig werden, brauche ich weder Möbel noch irgendwas von dem, was sich in diesem Haus befindet. Andererseits bringt eine öffentliche Versteigerung selten viel ein. Das wissen Sie so gut wie ich …«

Hätte er seine Mutter dabeigehabt, wie hätte sie diesen kleinen blassen Doktor in die Schranken gewiesen! Denn sie war durch und durch Geschäftsfrau gewesen. Mahé spürte genau, dass sein Kollege ihn über den Tisch ziehen wollte, wagte sich jedoch nicht zu wehren.

»Mir war es daher wichtig, Ihnen für den Fall, dass Sie mich direkt darauf ansprechen, einige Zahlen nennen zu können, damit wir sofort zu einem Abschluss kommen. Sie wissen ja, alles ermüdet mich, und Auseinandersetzungen mehr als alles andere. Deswegen zögere ich auch, zu meiner Schwester zu ziehen, denn sie hat einen schlechten Charakter und wird mich nur ärgern … Wenn Sie also noch unschlüssig sind …«

Wie ein Rosstäuscher auf dem Pferdemarkt spielte er die Rolle desjenigen, der sich zurückziehen will, und machte Anstalten, schwungvoll alle Papiere vom Tisch zu fegen.

»Ich bin fest entschlossen …«

»Haben Sie schon mit Madame Mahé gesprochen?«

»Meine Frau wird schon einverstanden sein …«

Gleichzeitig hätte er diesen blassen kleinen Satan am liebsten zwischen seinen riesigen Pranken zermalmt!

»Es gilt mehreres zu bedenken... Zunächst den Kaufpreis für die eigentliche Praxis...«

»Ich dachte, die besteht eigentlich kaum noch...«

»Das hab ich nur so dahergeredet... Ich wollte nicht, dass sich hier ein Konkurrent niederlässt...«

»Bei vierhundert Einwohnern...«

»Nur im Winter!... Sie vergessen, dass wir im Sommer eine hervorragende und ständig wechselnde Klientel haben...«

Doktor Mahé machte noch einen letzten Versuch, sich zu wehren:

»Aber die werden doch nicht alle krank...«

»Wenn Sie es so sehen...«, fiel ihm Doktor Lepage ins Wort und machte Anstalten, das Gespräch an diesem Punkt abzubrechen.

»Entschuldigen Sie bitte meine Bemerkung... Sie wollten gerade sagen, dass Sie für die Praxis...«

Der andere nannte eine so horrende Summe, dass Mahé auf dem Absatz hätte kehrtmachen müssen.

»Dann ist da noch das Haus, für das man mir letztes Jahr folgendes Angebot gemacht hat...«

Eine ebenfalls gigantische Zahl. Lepage forderte für seine Bruchbude doppelt so viel, wie das weitläufige und bequeme Haus in Saint-Hilaire wert war.

»Vergessen Sie nicht, hier auf Porquerolles sind Privatgrundstücke rar, die Insel gehört größtenteils der Marine... Dann sind da noch die Möbel und Geräte, von denen ich eine Liste in dreifacher Ausfertigung mit dem Wert eines jeden Gegenstands aufgestellt habe. Ich könnte jetzt mit Ihnen eine Begehung der Räume machen und...«

Doktor Mahé hatte schon ein Exemplar in der Hand und starrte entgeistert darauf. Wenn das ein Traum gewesen wäre, hätten jetzt sicher alle Mahés von vergangener Nacht gegrinst oder mit den Zähnen geknirscht. Wer weiß, vielleicht hätte sich ihr Kreis auch um ihn geschlossen, um ihn zu ersticken?

Er ließ sich durch die schäbigen Zimmer führen, in denen Lepage ihm hier einen alten Sessel, dort einen fadenscheinigen Läufer oder ein kitschiges Aquarell zeigte, alles zu absoluten Mondpreisen angesetzt.

Er stellte sich vor, wie Hélène hier hereinkäme, die Nase rümpfte und sich mit einem ungläubigen Blick zu ihm umwandte. Denn sie würde es nicht glauben, und zwar umso weniger, als selbst der Erlös des Hauses in Saint-Hilaire und des meisten Inventars nicht ausreichen würde und er zusätzlich noch Aktien und Schuldverschreibungen angreifen müsste, die er von seiner Mutter geerbt hatte.

»Wollen Sie immer noch übermorgen abreisen?«

Er schüttelte den Kopf. Er wusste es nicht mehr. Ihm wurde regelrecht schlecht von all dem, was man ihm hier aufzwang, von dieser akribischen und endlosen Inventur. Der Staub, der alte Muff, der seit Jahren in Zimmern und Schränken eingeschlossen gewesen war, stieg ihm in die Nase.

Sogar ein fleckiger Nachttopf war auf den Listen verzeichnet.

»Ich kann doch davon ausgehen, dass Sie in der Lage sind, bar zu bezahlen, zumindest drei Viertel der Summe?«

Nein. Er würde das anders regeln müssen. Bis zum Verkauf des Hauses, der Zeit erfordern würde, müsste er eine Hypothek aufnehmen. Der Notar der Familie würde ebenfalls ungläubig schauen.

Warum ließ er Lepage nicht einfach sitzen, sondern trabte wie ein braver Schüler hinter diesem blutlosen und sarkastischen Vampir her?

»Ich bin sicher, dass Sie hier sehr glücklich werden und Madame Mahé sich hervorragend eingewöhnen wird ...«

Das konnte er unmöglich ernst meinen. Und trotzdem lächelte er nicht. Die Stimme Polytes rief vom Marktplatz her:

»Was ist, Doktor? ... Es geht los ...«

»Ich sehe, Sie werden erwartet ... Sie sind auf der Insel schon sehr beliebt ... Das ist ein Vorteil ... Mich haben sie hier nie akzeptiert ... Wenn Sie wollen, unterschreiben wir vor Ihrer Boulepartie einen Vorvertrag ...«

»Das dauert vielleicht zu lange ...«

Sie gingen wieder durch das Sprechzimmer. Zwei Dokumente waren vorbereitet, und Mahé spürte zwischen seinen Fingern einen billigen Federhalter, der in violette Tinte getunkt worden war.

»Hier, bitte ... Und hier auch noch ... Morgen können wir uns über die Einzelheiten unterhalten ... Nehmen Sie Ihre Kopie mit ... Einen Aperitif kann ich Ihnen nicht anbieten. Da ich nie trinke, weiß ich nicht, ob überhaupt einer im Haus ist ...«

»Vielen Dank ... Ich werde erwartet ...«

Er musste noch die feuchte Hand drücken, und als er wieder draußen stand, wirkte er mit seinen weitaufgerissenen, verstörten Augen und seinem schwankenden Gang wie einer, der aus der Unterwelt wieder ans Tageslicht tritt.

»Sie sind dran, Doktor ... Sie spielen mit Gène und Bastou ... Die Kugel da hat Cabrini geworfen, aber die schaffen Sie bestimmt.«

Die ganze Partie durch wurde er den Eindruck nicht los, dass man sich über ihn lustig machte. In allen Blicken las er Spott, und am Ende fragte er sich, ob vielleicht die ganze Insel an dem bösen Streich beteiligt war, den man ihm eben gespielt hatte.

Wer weiß, vielleicht schon vom ersten Tag an, als er vom Schiff gekommen war ... Das ging jetzt schon fünf Jahre ... Fünf Jahre lang hatte er mit sich gekämpft ... Oder war der Entscheidung ausgewichen ... Nein, so war es auch wieder nicht ... Er hatte sich eher in seinem Elend gesuhlt ... Und genau gewusst, dass es eines Tages in eine Katastrophe münden würde ...

Aber warum sollte er es eine Katastrophe nennen? Er blickte sich auf dem Platz um. Er sah ihn mit anderen Augen als früher. Ab jetzt gehörte er dazu. Er würde jetzt jeden Morgen die Tür dort drüben aufstoßen, vom Schlaf verschwitzt in Pantoffeln oder Sandalen zum Hafen hinübergehen, dort die Ankunft der ›Cormoran‹ abwarten und sich anschließend bei Maurice auf die Terrasse setzen, seinen ersten Weißwein trinken und dazu Zeitung lesen oder mit irgendeinem Fischer schwatzen ...

Es geschah ihnen ganz recht, den Mahés! Auf was hatten sie ihn vorbereitet? Auf nichts. Sie hatten wirklich einen Steinring um ihn gezogen, ganz wie in seinem Traum. Du heiratest Hélène, weil sie sanft und fügsam ist. Du machst ihr Kinder. Du machst deine Hausbesuche mit dem Motorrad, um Benzin zu sparen. Du bleibst dein ganzes Leben lang Landarzt und führst dein Leben und dein Haus, wie es sich gehört…

Wenn er auch nur ein Jota von diesem Lebensplan abgewichen wäre, hätten sie empört aufgeschrien, egal, ob er dabei Ambitionen entwickelt und hätte aufsteigen wollen. Konnten sie ihm denn verbieten abzusteigen, wenn er sich dort nicht wohl fühlte, wo sie ihn hingepflanzt hatten?

»Sie spielen schlecht, Doktor!«

Er war nicht bei der Sache. Er ging seine Kugeln einsammeln und wartete brav, bis er an der Reihe war. Jetzt würde er Zeit genug haben, richtig Boule spielen zu lernen.

Da seine Mannschaft verloren hatte, gab er zwei Runden aus, eine mehr als nötig.

»Fahren Sie morgen früh angeln?«

Er starrte Gène an, der ihn das gefragt hatte, fuhr zusammen, als hätten diese Worte etwas in seinem Unterbewusstsein berührt.

»Ich weiß nicht«, stieß er tonlos hervor.

»Ich habe für alle Fälle ein paar lebende Einsiedlerkrebse im Fischkasten…«

Mahé hatte nämlich eine Absprache mit Gène und durfte sein Boot nehmen, das er inzwischen steuern gelernt hatte.

In der Pension ›Saint-Charles‹ läutete es zum Abendessen. Seine Frau und seine Kinder saßen bereits bei Tisch. Er sah sie lange an, als wäre er erstaunt, sie hier vorzufinden, dass die Kinder schon so groß waren und dass seine Frau ihm ausnahmsweise keine Vorwürfe machte.

»Ich habe an Péchade geschrieben...«, sagte sie mit vollem Mund.

Warum? Er wusste nichts davon. Er sah keinen Zusammenhang. Er wagte nicht nachzufragen.

Nach dem Abendessen ging er auf der Mole spazieren. Jachten waren fast keine mehr da. In ein paar Tagen würden die Ferien zu Ende sein, und die Insel würde in ihren Winterschlaf versinken. Er ging etwas trinken. Nicht viel. Nur zwei oder drei Gläser. Er schüttelte Hände.

Schließlich ging er schlafen und brachte die Nacht damit zu, sich hin und her zu wälzen. Während seines unruhigen, von Gedankenblitzen durchzuckten Schlafes war ihm bewusst, wie schwerfällig er sich auf seiner Matratze um- und auf die andere Seite drehte. Es war kühler geworden, und er fragte sich, ob er sich wohl erkälten würde.

Schon ganz früh, als die Vögel in den Tamarisken am Wegrand zu singen anfingen, lag er mit weitaufgerissenen Augen ruhig – beängstigend ruhig – auf dem Rücken da. Nach einer Viertelstunde erhob er sich lautlos, zog seine Leinenhose und seinen alten Fischerkittel an, kämmte sich kurz und schlich auf Zehenspitzen hinaus, ohne sich die Mühe zu machen, sich zu rasieren.

Jojo im ›Arche Noah‹, dessen Türen weit offen standen, war dabei, die Fliesen zu scheuern. Mahé trat ein und ließ sich einen Weißwein einschenken.

»Fahren Sie angeln?«

Er bejahte und ließ anschreiben. Seit er sozusagen Stammkunde war, wurde seine Zeche auf der schwarzen Tafel hinter der Tür notiert.

Gènes Boot war vollständig mit eiskaltem Tau überzogen, aber er wusste, wo im Kasten ein Lappen war. Es war wirklich frisch. Die Fischer fuhren aus dem Hafen.

Er tat, was er immer tat. Er füllte den Benzintank auf, vergewisserte sich, dass die Kerzen nicht verölt waren, hob den Korb mit den Einsiedlerkrebsen aus dem Wasser und stieg schließlich auf die Mole, um die Leinen loszumachen.

Er tat dies alles mit peinlicher Sorgfalt. Als der Motor ansprang, blickte er kurz auf den Platz zurück, um sich zu vergewissern, dass Gène nicht in letzter Minute mitkommen wollte. Wie man später erfahren sollte, kam Gène in den Hafen, als das Boot gerade die Mole umrundete und direkt auf den Rocher des Mèdes zufuhr.

Der Motor tuckerte sanft, das Wasser gurgelte schaumig hinter dem blaugestrichenen Boot. Meer und Himmel verschwammen zu einem einheitlichen irisierenden Hellgrün. Die Fischerboote, die beträchtlich Vorsprung hatten und über stärkere Motoren verfügten, näherten sich bereits den beiden weißen Felsen an der äußersten Inselspitze.

Der Doktor stoppte beim größten Felsen, dort, wo er zum ersten Mal mit Gène geangelt hatte. Als Anker ließ er einen schweren Stein an einer Leine auf den Grund fallen. Dann legte er ein paar Einsiedlerkrebse auf die Bank, suchte Hammer und Handangeln heraus.

Zweimal drehte er sich um, um zu dem Notre-Dame-Strand hinüberzublicken, wo sich seine Frau und die Kinder damals mit Mariette niedergelassen hatten.

Langsam ließ er eine Angelschnur zu Wasser und beugte sich über den Bootsrand. Das Meer war durchsichtig. Er erkannte die Unterwasserlandschaft wieder, in der weiße

Fische und andere mit schwarzen Streifen umherschwammen. Ringelbrassen. Die Sache mit den Rotbrassen fiel ihm wieder ein …

Weit entfernt, am Ende der Mole, ruderte jemand eine Jolle hinaus, um seinen morgendlichen Platz zum Angeln von Lippfischen einzunehmen, und Mahé erkannte den großen, weißen Strohhut des alten Monsieur Forgeard, eines Rechtsanwalts im Ruhestand, der das ganze Jahr auf der Insel lebte.

Seine Hand ruckte mechanisch an der Angel, und der erste Fisch, den er aus dem Wasser zog, war tatsächlich eine Rotbrasse. Er betrachtete sie mit einem seltsamen Lächeln, bevor er sie unter ein feuchtes Handtuch auf den Boden des Bootes legte. Dann warf er erneut seine Angel aus …

Er beugte sich hinaus … Schwarze, längere und lebhaftere Silhouetten schwammen zwischen dem niederen Volk der weißen Fische hindurch … Der Meeraal des Admirals kam ihm in den Sinn …

Er hatte seinen Strohhut im Bug des Bootes liegenlassen. Die Sonne brannte ihm auf den Schädel … Eine unsichtbare Dünung, die er bisher nicht gespürt hatte, begann das Boot ganz langsam zu schaukeln, und im selben Augenblick verhakte sich die Angelschnur auf dem Grund, und Mahé beugte sich noch weiter hinaus …

Das war alles, was er selbst davon mitbekam. Er stand über den Bootsrand gebeugt da und sah auf den Meeresgrund hinunter. Ihm wurde ein wenig schwindlig, was an der frühen Morgenstunde oder an seiner unruhigen Nacht, am Weißwein oder an der stechenden Sonne liegen mochte …

Es kam ihm so vor, als wäre die Wasseroberfläche mit Tausenden von goldenen Punkten gesprenkelt und als würden diese Goldpunkte seine Augen wie Nadeln durchbohren …

Er blinzelte … Es zog ihn nach vorne … Trotzdem spürte er, dass er reagieren konnte, wenn er nur wollte …

Die Bewegung hatte etwas Gelassenes, etwas sinnlich Verheißungsvolles … Das Wasser kam auf ihn zu, der Meeresgrund mit seinen Straßen aus Algen und seinen glitschigen Bergen …

Alle würden es für einen Unfall halten … Und vielleicht war es das ja auch …

Diese Frage stellte er sich in der Sekunde, als er in die Kühle des Meeres eintauchte …

Es war nicht nur eine Frage, es war *die* Frage, die einzige … Seine weitaufgerissenen Augen staunten über die unendliche Welt, die sich vor ihnen auftat und die ihnen eine Erklärung noch schuldig blieb …

Das Meerwasser drang in ihn ein, er sah den Meeresgrund ganz nah, wie durch ein Vergrößerungsglas. Er stieg nach oben, dann sank er wieder herab und stieß mit den Armen den Kreis der Mahés weg; er musste, das spürte er jetzt, noch weiter hinabsinken, um das rote Kleid zu erreichen, das er in manchen Augenblicken fast berühren konnte …

Eine blasse Élisabeth sah ihn mit großen Augen an; vielleicht fragte sie sich, warum sie so lange auf ihn hatte warten müssen?

Er war fast da … Nur noch ein kleines Stück … Die Mahés verstanden nichts, würden es nie verstehen … Er hatte es ja selbst nicht verstanden, begann erst jetzt die Wahrheit zu ahnen…

Es war eine Liebesgeschichte… Und dann war da noch eine andere Wahrheit, noch heller, noch gleißender, wie ein Flammenmeer, das…

Doch als er diese Wahrheit spürte, sie einsog wie eine Luftblase, war sein Leben als Mensch zu Ende, und er konnte seine Erkenntnis nicht mehr weitergeben.

Man fand Gènes Boot kieloben und Mahés Strohhut im Wasser treibend; erst gegen Abend fischte ein Kran die Leiche auf, mehr als eine Seemeile entfernt, in Hafennähe, wohin sie getrieben war, langsam, ganz von allein, genau zwischen den Gezeiten.

Saint-Mesmin-le-Vieux (Vendée), Mai 1944

Georges Simenon
Ausgewählte Romane in 50 Bänden

in chronologischer Reihenfolge
ihrer Niederschrift
und in revidierten Übersetzungen

Mit zwanzig hatte Simenon sich vorgenommen, mit dreißig seinen ersten Roman zu schreiben, einen »halbliterarischen« mit Kommissar Maigret als »Spielführer«.
Doch die ersten »*wirklichen, literarischen* Romane«, die wollte er mit vierzig schreiben: die sogenannten ›Non-Maigrets‹ – Romane ohne Maigret.

»Aber wenn wir uns nun schon immer schön der Reihe nach in ein gleichsam nachgeholtes Simenon-Leseleben stürzen, dann fragt sich der immer unbescheidene Leser, wo denn nun die anderen Romane des Meisters bleiben, die ›Non-Maigrets‹? Erinnern Sie sich an *Das Haus am Kanal,* an den *Mann, der den Zügen nachsah,* an die *Drei Zimmer in Manhattan,* an *Die Glocken von Bicêtre*? Lauter fabelhafte Bücher, die mitten hineingehörten in die Reihe der ›Maigrets‹. Man kann nicht alles haben, klar – nur schön wär's schon.«
Rolf Vollmann / Die Zeit, Hamburg

»Simenons wichtigste Werke sind die ›Non-Maigrets‹, hervorragende und phantastisch geschriebene Kunstwerke, die so tun, als wären sie Krimis: hart, düster, leidenschaftlich, voller Schuld und Schmerz und geprägt von ihren Schauplätzen (keiner kann beschreiben wie Simenon), ohne ein Gran Sentimentalität, von verstörender Scharfsichtigkeit und gleichzeitig unglaublich unterhaltsam. Die ›Non-Maigrets‹ sind tiefsinniger und philosophischer als die Romane von Camus und Sartre, aber viel weniger prätentiös.«
John Banville

»Zu Simenons neuerlichem Erfolg in deutscher Sprache gehört allerdings untrennbar und im wahrsten Sinne fundamental die Überarbeitung aller Übertragungen, die derzeit in Folge erscheinen: Ein so elegantes Deutsch ist selten geworden – nicht nur bei Übersetzungen.«
Elke Schmitter / Die Tageszeitung, Berlin

»Ein schlicht wunderbarer Schriftsteller ... hochunterhaltsam, klarsichtig, einfach, hundertprozentig eins mit der Welt, die er beschreibt.« *Muriel Spark*

»Simenon ist ein Erzähler, den zu lesen man nicht müde wird, wenn man sich einmal in seiner Welt installiert hat.« *Manfred Papst / NZZ am Sonntag, Zürich*

Bis September 2011 sind
die folgenden Bände erschienen:

Die Verlobung des Monsieur Hire
Roman. Aus dem Französischen von Linde Birk

Tropenkoller
Roman. Deutsch von Annerose Melter

Das Haus am Kanal
Roman. Deutsch von Ursula Vogel

Der Mann aus London
Roman. Deutsch von Stefanie Weiss

Die Selbstmörder
Roman. Deutsch von Linde Birk

Der Untermieter
Roman. Deutsch von Ralph Eue

Der Mörder
Roman. Deutsch von Lothar Baier

Das Testament Donadieu
Roman. Deutsch von Eugen Helmlé

Die Überlebenden der Télémaque
Roman. Deutsch von Hainer Kober

Der Mann, der den Zügen nachsah
Roman. Deutsch von Linde Birk

Der Bananentourist
Roman. Deutsch von Barbara Heller

Die Marie vom Hafen
Roman. Deutsch von Ursula Vogel

Zum Weißen Ross
Roman. Deutsch von Trude Fein

Wellenschlag
Roman. Deutsch von Ulrich Hartmann

Der fremde Vetter
Roman. Deutsch von Stefanie Weiss

Fremd im eigenen Haus
Roman. Deutsch von Gerda Scheffel

Der Bürgermeister von Furnes
Roman. Deutsch von Hanns Grössel

Der Outlaw
Roman. Deutsch von Liselotte Julius

Die Witwe Couderc
Roman. Deutsch von Hanns Grössel

Die Wahrheit über Bébé Donge
Roman. Deutsch von Renate Nickel

Ankunft Allerheiligen
Roman. Deutsch von Eugen Helmlé

Der Bericht des Polizisten
Roman. Deutsch von Markus Jakob

Von Oktober 2011 bis März 2012
erscheinen folgende Bände:

Die Flucht des Monsieur Monde
Roman. Deutsch von Barbara Heller

Die Ferien des Monsieur Mahé
Roman. Deutsch von Günter Seib

Drei Zimmer in Manhattan
Roman. Deutsch von Linde Birk

Brief an meinen Richter
Roman. Deutsch von Hansjürgen Wille und Barbara Klau

Die Fantome des Hutmachers
Roman. Deutsch von Eugen Helmlé

Die grünen Fensterläden
Roman. Deutsch von Alfred Günther

Georges Simenon
Die Marie vom Hafen

Roman. Aus dem Französischen
von Ursula Vogel

Ein kleiner Fischerort in der Normandie. Auf einer Klippe das Häuschen der Familie Le Flem mit einem halben Dutzend Kindern, die plötzlich ohne Eltern dastehen. Und im Hintergrund die Hafenstadt Cherbourg, in der ein reicher Selfmademan lebt, der jede Frau haben kann, aber nur die eine will, die ihn nicht will: Marie Le Flem, ein stilles Wasser, stolz, unnahbar und mit einem eisernen Willen.

»Auffällig ist die atmosphärische Dichte der Romane von Simenon. Weit über das bloße Lokalkolorit hinaus wird das ›Wesen‹ einer Umgebung erfasst, ihr Stimmungsprofil, ihre psychosoziale Temperatur. Es ist, als exemplifizierte Simenon in seinen Werken den Proust'schen Gedanken, dass eine bestimmte Landschaft, ein bestimmtes Klima auch einen besonderen Menschenschlag hervorbringen.«
Neue Zürcher Zeitung

»Wenn man als Autor überhaupt einen Wunsch äußern darf, so möchte ich, dass man mich an der *Marie vom Hafen* misst, weiter am *Weißen Ross* und schließlich an zwei, drei Romanen, die ich ohne Eile – was immer man mir auch nachsagt – geschrieben habe, immer auf der Suche nach einer noch einfacheren, noch dichteren Wahrheit.« *Georges Simenon*

»Ich schwöre, eine der schönsten Liebesgeschichten der Welt.« *Jakob Arjouni*

Georges Simenon

Die Wahrheit über Bébé Donge

Roman. Aus dem Französischen
von Renate Nickel

Es ist August und heiß. Die Brüder Donge sitzen mit ihren Familien im Garten ihres Landhauses. Plötzlich springt der eine Bruder auf, stürzt ins Bad. Als Chemiker hat er sofort begriffen, dass seine zarte Frau, die alle wie ein Kind behandeln, mehr als nur Zucker in seinen Kaffee getan hat.
Untreue, ein gescheiterter Mordversuch – schlimmer kann eine Ehe nicht enden. Muss aber nicht. Für François und Bébé fängt sie an diesem Punkt erst richtig an.

»Simenons Geschöpfe sind die Protagonisten einer Krise, die meistens mit der Entdeckung einer grundlegenden, unerwarteten (oder ins Unterbewusstsein verdrängten) Wahrheit verbunden ist. Mit einer Entdeckung, die den Sinn ihres Lebens verändert, indem sie aus diesem Leben Schicksal macht.«
Gilbert Sigaux

»Wer wissen will, wie im 20. Jahrhundert gelebt und gefühlt wurde, muss Simenon lesen. Andere Autoren mögen mehr wissen über die Gesellschaft. Über den einzelnen Menschen weiß keiner so viel wie er.«
Georg Hensel / Frankfurter Allgemeine Zeitung

»Bébé Donge ist eine moderne Madame Bovary.«
Jacques Amouroux

»Zu Simenons neuerlichem Erfolg in deutscher Sprache gehört allerdings untrennbar und im wahrsten Sinne fundamental die Überarbeitung aller Übertragungen, die derzeit in Folge erscheinen: Ein so elegantes Deutsch ist selten geworden – nicht nur bei Übersetzungen.«
Elke Schmitter / Die Tageszeitung, Berlin